老北大讲义

传承百年学术重镇薪火与精华

文学研究法

姚永朴 著

时代文艺出版社

图书在版编目（CIP）数据

文学研究法 / 姚永朴著．—长春：时代文艺出版社，2019.5

ISBN 978-7-5387-5741-5

Ⅰ. ①文… Ⅱ. ①姚… Ⅲ. ①中国文学－古典文学研究 Ⅳ. ①I206.2

中国版本图书馆CIP数据核字（2018）第003649号

出 品 人 陈 琛
产品总监 郭力家
责任编辑 方 伟
助理编辑 刘 力
装帧设计 孙 利
排版制作 毛倩雯

文学研究法
姚永朴 著

出版发行 / 时代文艺出版社
地址 / 长春市净月高新技术产业开发区生态大街与福祉大路交会西行200米
出版集团A座15楼 时代文艺出版社 邮编 / 130000
北京开发部 / 010-63108163
官方微博 / weibo.com / tlapress 天猫旗舰店 / sdwycbsgf.tmall.com
印刷 / 三河市万龙印装有限公司
开本 / 710mm × 1000mm 1 / 16 字数 / 153千字 印张 / 12.75
版次 / 2019年5月第1版 印次 / 2019年5月第1次印刷 定价 / 35.00元

图书如有印装错误，请寄回印厂调换

出版说明

自1898年建校以来，北京大学作为中国第一所国立大学，当仁不让地成为一座重镇。我们很难在“重镇”的前面加上合适的定语，如果挂一漏万地勉强做一下尝试，那么，如下关键词应该无法忽略：教育、学术、思想、文化传承；如果再在这些严肃的字眼前做个补充，我们应该谨慎地加上——心目中。

因此，这句话完整地表述出来，或许是这个样子的——北大是我们心目中一座教育、学术、思想和文化传承的重镇。

从语法的角度来看，离中心词越远的形容词，它的定语功能越弱，因此，这个“心目中”的限定作用其实很让人怀疑——难道事实不是这样吗？难道北大只是无数人在心中塑造的神圣殿堂吗？

确实如此，在我们没有条件走入北大的课堂，在我们没有聆听教授们的传道、授业、解惑，甚至在我们没有阅读这套《老北大讲义》之前，它只不过存在于我们渴求学业、探求人文理想的心目中。如今的我们很难跨越时空触摸“五四”时期的红楼，也再无可能听到黄侃挤兑胡适的精彩言辞——但好在，校址课堂可以变换，教授先生可以逝去，但这套《老北大讲义》，仍然使这座学术思想的重镇触手可及般呈现在我们的面前，而不仅仅再让我们于心目中憧憬和描摹。事实上，又有什么比文字著述能流传得更远更久，同时又能连缀百年与今日、先贤与遗产呢？

这套《老北大讲义》，就是这样与我们“心目中”的那座殿堂如此接近，它来自于塑造这座重镇所需的基石——现在我们依然无法用准确的词汇总结出给神殿做基石所必要的成分。好在北大建校百年后的大洋彼岸，美国斯坦福大学明确拒绝了国务卿赖斯重回母校任职的申请。一位教授这样阐述他的理由：赖斯为之服务的政府破坏了正义、科学、专业、正直等基本的学术价值观，斯坦福不应该再让她回来。美国人在现代文明中体会到“学校”的本质精神，而早在百年前社会思想纷杂的乱世中，北大的学者便在这个基础上加上了“勇气”二字，因为，他们面对的是启蒙。

正是基于勇气之下的正义、科学、专业、正直，老北大的讲义直到如今，依然在现代学术和思想史上具有无可替代的价值。原因似乎很简单：它只为良知负责，而不掺杂任何功利；原因却也很复杂：能够做到这一点，并不是仅有愿望和坚持那么容易。因此，我们很难想象，这套《老北大讲义》，是如何能够穿越百年风云，在思想的多次变革和社会的动荡过后，依然能够熠熠闪光。

或许所有的答案早在蔡元培先生的一句话中：“循思想自由原则，取兼容并包之义。”这是北大的立校之基，是北大的教育准绳。但是，如果我们抛开了学校与教育的因素，就会清晰地看到现代学术与思想发轫的源头。正是本着这种精神，这套《老北大讲义》呈现出大多数人意想不到的面貌：

其一，它涵盖了文学、史学、艺术、哲学甚至更多的边缘学科。而我们大概很难想到那些目前几近符号化定格的先贤竟会如此“跨学科”，在某个非专项的细小考证上侃侃而谈；

其二，在同类学术问题的思考上，各教授的观点未必一致甚或相左。课堂上也经常有明讥暗讽、互相贬低之类的掌故。但这并不妨碍落了下风的一方以独立的精神和学术的品格坚守自己；

其三，在当时的情况下，教授们对西方现代哲学思想或历史观念的了解并不很深，哪怕对本国正在发生的白话文运动也多有不成熟的看法，但这并不妨碍以客观踏实的精神大胆探求；

其四，即或放在今天，我们依然看到著述中鲜活的思路和治学原则。或许其所述内容业已陈旧，但其字里行间跳动的思想却是今天的某些所谓巨著中缺少的灵魂。

正因为如此，《老北大讲义》不仅仅是小小课堂的教学工具，更是现代学术和思想发轫的第一媒介。因为有了李大钊的《史学要论》，才有了马克思主义唯物史观在中国的首次公开而正式的传播；因为有了胡适的西方哲学讲义，才有了国人对西方文明尤其是现代思潮的进一步了解；因为有了钱玄同和刘半农的汉语研究，才有了推动白话文运动的基本依据……

当我们无法亲临北大课堂，当我们无法回到那个大师辈出的年代时，这套《老北大讲义》像是一座桥梁沟通了时空，轻易地在我们脚下搭建了一条通往中国学养源头的路。

然而，对这些珍贵思想文化遗产的整理和推广，看似轻易简单，实则困难重重。在首批推出的著述中，我们不得不仔细考虑作者的成就与影响，也不得不考量每一本书的内容价值，甚至还得兼顾品种的丰富性和学科的完整性，因此，难免有遗珠之憾。

此外，有些影响较广的著述，此前亦有各种单行本见于市面。编者虽然力求呈现出更多的新品种，填补文化传承上的空白，但考虑到这是国内首次完整地以“老北大讲义”的概念进行编纂出版，所以，我们也在严谨衡量的基础上推出了这类“旧作”。

以往，老北大讲义有很多著述仅有存目，出版本十分罕见。但让我们十分快慰的是，在此次编选的过程中找到了一些孤本，不日将陆续付梓——在兴奋与欣喜之余，我们也不免惧怕，如果再不出版，它们，这些凝聚一流学者的毕生心血的思想学术经典，恐怕后人再难读到了。

正因如此，我们希望这套书的出版，能够延续我们“心目中”的那座殿堂，否则，很难说再过百年后，北大是不是一座空中楼阁，会不会只是个在口头传颂的一段传奇。

关于本书与作者

姚永朴（1861—1939），字仲实，晚号蜕私老人，他早年治诗、文，后专读经，于注疏及宋元明清诸儒经说无不融会贯通，旁及诸史、音韵，自成一家，是桐城派后期大师。当时学者评价他说："先生根底盘深，流露于诗文者，蔚为大观，自成一家之言。而义法谨严之中，饶有渊懿冲淡之致，此为先生之所独绝也。"

虽出名门，但他不求仕途，而倾心于教育，曾在多所高等学堂任教，最主要的是被安徽高等学堂监督严复聘为伦理教习，任教六年，其间编讲义多卷，有《伦理学》《诸子考略》《群经考略》《群儒考略》《十三经述要》《七经问答》《大学古本解》等。再后任教京师法政学堂时又撰成《蜕思轩读经记》及《外国文学》两书。

1914 年，他应北京大学聘请任文科教授，四年后离去。其间著《史学研究法》一卷，《文学研究法》四卷二十五篇，是他于北大作为教材的讲义。

《文学研究法》是在旧学与新学交替之际，桐城派作家系统阐述桐城派文论的唯一专著，对桐城派文论做了新的整理和阐述。杨福生先生对此书解释说："所谓'文学研究法'，其实应是'文章学概论'，重点强调文章写作而非文学创作，更不是'文学研究的方法'"，"其

‘法’都作‘法度’解，意即‘研究文章写作的法度’。”

《文学研究法》在体例上模仿《文心雕龙》，内容上强调文学和语言学的结合，强调文学风格存在于作品和创作主体之中，自觉不自觉地将桐城文论与时代接轨，开了中国传统文论向现代文论转向的先河。而其文资料丰富、行文严密、文字雅洁，确乎桐城风采，对研究中国古代文学和语言学极有参考价值。

据说，在《文学研究法》编写过程中，他“恒至日暑忘餐”，写完一段就诵读，家人朋友听得入迷，“仆御皆环听户外”。而他在授课时，“危坐诵说，神采照人，诸生受其讲授者，之于课业无不豁然贯通，造就成材者不可胜数”。

到了后来，胡适由美国归来，任北大教授，他倡导文学革命，力排桐城派古文。此时恰好有徐树铮创办学校，延请姚永朴任教务长，所以他便离开北京南下。据他的学生回忆，有次他为桐城中学第十四届学生讲课，当时他已经失明，由校工扶到课堂，但“先生凭记忆，边诵边讲，纵横捭阖，剖析入微，不仅课中正文无一字讹误，文中各家注解，也娴熟如数家珍，听课学生无不钦佩之至”。

目　录

文学研究法卷一

起原

昔《尚书》帝典云:“诗言志，歌永言，声依永，律和声。”《诗·关雎序》云:“诗者，志之所之也。在心为志，发言为诗。情动于中，而形于言；言之不足，故嗟叹之；嗟叹之不足，故永歌之；永歌之不足，不知手之舞之、足之蹈之也。情发于声，声成文谓之音。治世之音安以乐，其政和；乱世之音怨以怒，其政乖；亡国之音哀以思，其民困。故正得失、动天地、感鬼神，莫近于诗。”朱子（熹）《诗集传序》云:“人生而静，天之性也；感于物而动，性之欲也。夫既有欲矣，则不能无思；既有思矣，则不能无言；既有言矣，则言之所不能尽而发于咨嗟咏叹之余者，必有自然之音响节奏，而不能已焉，此诗之所为作也。”然则文字之源，其基于言语乎；言语其发于声音乎；声音其根于知觉乎。大凡盈天地间者，皆物也。物之号有万，其由气而凝为质者为矿物，有生意者为植物，有知觉者为动物。动物之中，惟人也得五行之秀气而最灵。故鸟兽虽有知觉，而狭而不广，偏而不全；人则既广且全，广故大，全故周。自堕地以来，即呱呱而泣，盖已有所欲矣；继而解笑，又继而解言；至能言而思无不达、求无不遂矣。故不惟一己之欲可以表示；且人与人之欲，亦可以相为感通。然而能宣之于觌面者，究不能推之于万里，是行于近而隔于远也；能著之于一旦者，究不能求之于百年，是通于暂而滞于久也。使终古如斯，将思之达者仍有所不达，求之遂者仍有所不遂。有聪明睿智者出焉，于是作书契以易结绳之治，百官以理，万民以察。盖至是而人类之作用乃益宏，文字之功效，乃不可胜数矣。昔扬子云（雄）《法言·问神》篇云："言，心声也；书，心画也。"徐伟长（干）《中论·贵验篇》引子思云："事，自名也；声，自呼也。"孔冲远（颖达）《尚书·序·疏》云："言者，意之声；书者，言之记。"韩退之（愈）《送孟东野（郊）序》云："人声之精者为言。文辞之于言，又其精也。"程子（颐）《语录》云："凡物之名字，自与音义气理相通。天未名时，本亦无名，只是苍苍然也。何以便有此名？盖出自然之理，声音发于其气，遂有此名此字。"然则天地之元音发于人声，人声之形象寄于点画，点画之联属而字成，字之联属而句成，句之联属而篇成，文学起源，其在斯乎！其在斯乎！

粤稽"庖牺氏之王天下也，仰则观象于天，俯则观法于地，观鸟兽之文与地之宜，近取诸身，远取诸物，于是始作八卦"（《易·系辞下》）。又"因而重之"（《系辞传》），为六十四卦。盖天地万物之情状，已隐然括于其中矣。及黄帝时，史臣仓颉见鸟兽蹄迒之迹，知分理之可相别异，乃造书契。其初但依类象形，故谓之文；其后形声相益，而谓之字；著于竹帛，则谓之书。《周礼·地官·保氏》教国子有六书，所谓指事、象形、形声、会意、转注、假借是也。许叔重（慎）《说文解字序》云："指事者，视而可识，察而见意，二二是也（二二即上下）。""象形者，画成其物，随体诘诎，日月是也。""形声者，以事为名，取譬相成，江河是也。""会意者，比类合谊，以见指，武信是也。""转注者，建类一首，同意相受，考老是也。""假借者，本无其字，依声托事，令长是也。"《汉书·艺文志》又云："六书谓象形、象事、象意、象声、转注、假借，造字之本也。”大抵文字之义，总归六书，故同为造字之本，然序不可紊。其最先者为指事、象形；有指事、象形而后有形声、会意；有四者为体，而后有转注、假借为用。故《汉志》于四者皆曰“象”，而二者缀于后，与许君小异而大同，但世运变迁，而文字随之。据《说文解字序》云：“周宣王太史籀著大篆十五篇，已与古文或异。”七国时以天下分裂，字尤异形。秦始皇时李斯乃奏同之，罢其不与秦文合者。斯作《仓颉篇》，中车府令赵高作《爰历篇》，太史令胡毋敬作《博学篇》，皆取大篆，或颇省改，所谓小篆者也。时大发吏卒兴戍役，官狱职务繁，初有隶书，以趋约易，古文由此绝。自尔秦书有八体：曰大篆，曰小篆，曰刻符，曰虫书，曰摹印，曰署书，曰殳书，曰隶书。汉兴有草书。孝平皇帝时，征沛人爰礼等百余人，令说文字未央廷中，黄门侍郎扬雄采以作《训纂篇》。及新莽居摄，复改定古文，时凡六体，所谓古文、奇字、篆书、左书、缪篆、鸟虫者也。《隋书·经籍志》亦云：“自仓颉讫于汉初，书经五变：一曰古文，仓颉所作；二曰大篆，史籀所作；三曰小篆，李斯所作；四曰隶书，程邈所作；五曰草书，汉初作。”秦废古文用八体；汉用六体，并稿书、楷书、悬针、垂露、飞白等二十余种之势，因事生变也；魏世复有八分书。然自晋以后，楷书独盛行，其后遂为世所循用。此字数逐代增加，古少而今多，与其体变易，古繁而今简之大略也。自古书契，多编以竹简；其用缣帛者谓之纸。缣贵而简重，并不便于人。东汉元兴中（和帝年号）宦者蔡伦乃造意用树肤、麻头及敝布、鱼网以为纸。和帝善其能，自是莫不从用焉，谓之“蔡侯纸”（《后汉书·宦者列传》）。及唐末益州有墨版；蜀相毋裔请用以刻九经；宋景德中（真宗年号）又及于诸史（详见焦竑《笔乘》）。由是印刷之业兴而版本出。明中业复有活字版。此文籍流布、其术古拙而今巧之大略也。

若是，则今日宜文学发达，远迈古初矣。而考其实乃有大谬不然者，何也？间尝推寻其故，然后知今之字数孳乳而浸多，其体又视古日歧，迨至楷书通行，而去之也益远。凡古之浑浑灏灏噩噩之文，在当日不难家喻户晓者，今则虽老师宿儒，欲求其融洽贯通，非竭毕生之力，不能得其涯涘。故古者以同而易，今以歧而难。此其一也。今之缮写印刷，视古为便。凡古人之著于竹帛者，类皆众所宗仰之书；匪是，则杀青无日。职是之故，虽汉之贾（谊）、晁（错）、董（仲舒）、刘（向），其所纂述多者百余篇，少乃五六十篇，或十数篇，或数篇；今则村塾学究，坊市贾客，亦皆著书镂板，自命通才，虽挦扯饾饤，率尔成章，然以当于庸俗之心，遂致不胫而走，汗牛充栋，涉览殊艰。故古者以少而专，今以多而纷。又其一也。然则如之何而可？曰：欲由今溯古，以通其训诂，必自识字始。夫古者大篆且群以为异于古文，今虽小篆尚觉近古，故《说文》一书，自当与《尔雅》同资研究，庶几可知古人造字根源，若者为本义，若者为引申义，若者为假借义，而经典之奇字奥句，可以渐通矣。试观古今文家，如李斯有《仓颉》七章，司马长卿（相如）有《凡将》篇，扬子云有《训纂》篇八十九章，班孟坚（固）复续十三章，而段氏玉裁《说文注》引其中所载孔子以下数十家之说，皆深于文事者。唐韩退之尤兢兢于此，故其言曰："凡为文辞，宜略识字。"（《蝌斗书后记》）又曰："文从字顺各识职。"（《樊绍述墓志铭》）近世湘乡曾文正公（国藩）论文，亦以"训诂精确"为贵（《日记》）。可见欲文章之工，未有可不用力于小学者。曩时巴县潘季约（清荫）为永朴述南皮张文襄公（之洞）督学四川日，每谆谆以此训后进，以为小学乃经史词章之本。及任满旋京，成都门人武抑斋孝廉（谦）问："治《说文》如何致力？"公告以入门之法曰:“试取许君五百四十字部首，记其形体，审其音读，究其训解，殚数十日之力，往复熟习，必期一睹其字，即能读为何音，辨为何义，并闭卷而能默写其字体，一一无讹，再与言第二事。”其论至为切实，可备学者之取资。若夫欲从数百千万卷中，撮其英华，去其糠秕，非知所抉择不可；欲知所抉择，非有真识不可；欲有真识，非有师承不可。盖有师承而后有家法，有家法而后不致如游骑之无归。昔吾家惜抱先生（鼐）尝谓己才弱，而《上刘海峰先生（大櫆）书》，则言“所赖者，在于闻见亲切，师法差真”，意正如此。夫古今集部，浩如烟海，究之足以名世者，每朝不过数人。六经、周秦诸子、《楚辞》、《文选》姑勿论；近世古文选本，莫善于姚氏《古文词类纂》、曾氏《经史百家杂钞》。二书自六朝以前人外，其以为圭臬者，惟唐荆川（顺之）、茅鹿门（坤）所定“唐宋八大家”。姚氏益以元次山（结）、李习之（翱）、张横渠（载）、晁无咎（补之）、归震川（有光）、方望溪（苞）、刘海峰数人；曾氏益以元次山、陆敬舆（贽）、李习之、范希文（仲淹）、司马君实（光）、周（敦颐）、程（灏、颐）、张（载）、朱“四子”、范茂名（浚）、马贵与（端临）、归震川、姚惜抱十余人。骈体文选本莫善于李申耆（兆洛）《骈体文钞》。其所录者，自秦以迄于隋而已。古今体诗选本，莫善于王阮亭（士祯）《古诗选》、《唐人万首绝句选》、姚氏《五七言今体诗钞》、曾氏《十八家诗钞》。王、姚所列入者较多。曾氏所谓“十八家”，曰曹子建（植），曰阮嗣宗（籍），曰陶渊明（潜），曰谢康乐（灵运），曰鲍明远（照），曰谢玄晖（朓），曰王右丞（维，官终尚书右丞），曰孟襄阳（浩然，襄阳人），曰李太白（白），曰杜工部（甫，晚依严武于蜀，表为工部员外郎），曰韩昌黎（愈，南阳人，先儒谓在修武，然文集每自称昌黎，盖祖居之地），曰白香山（居易，居东都履道里，构石楼香山，自称香山居士），曰黄山谷（庭坚，尝游皖潜山山谷寺石牛洞，乐其林泉之胜，因自号山谷道人），曰陆放翁（游，为参议官于蜀，以与蜀帅范成大文字交，不拘礼法，人讥其疏放，因自号放翁），曰元遗山（好问）。盖鉴别皆极精审。吾人从事兹学，自当先取派正而词雅者师之，余则归诸涉猎之中。又其次者，虽不观可也。果如是，必不致损日力而堕入歧途矣。

或曰：文章特一艺耳，沾沾自喜何为？曰：否，不然。凡以文学为一艺者，不过本孔子“文莫，吾犹人也；躬行君子，则吾未之有得”（《论语·述而》）与“行有余力，则以学文”（《学而》）诸语耳。然孔子之意，盖以行为文之本，非谓有行即可无文也。使其如此，何以“四教”以文为首（《述而》），而畏于匡，且曰“文王既没，文不在兹乎”（《子罕》）？昔李习之《寄从弟正辞书》云：“汝勿信人号文章为一艺。夫所谓一艺者，乃时世所好之文，或有盛名于近代者是也。其能到古人者，则仁义之辞也，恶得以一艺名之哉？”斯言可谓谛当。然则，北齐颜黄门（之推）谓“自古文人多陷轻薄”（《颜氏家训·文章》）、宋陈忠肃公（瓘）谓“一为文人便无足观”者，皆所谓时世所好之文耳。夫岂可漫无区别，而举古人所藉以继往圣、开来学者，一概轻视之耶？或又曰：当今时事孔亟，所应讨论者至多，奚暇及此？曰：否，不然。子独不闻“国与天地必有与立”之说乎？夫国之所藉以立，岂有过于文学者？匪惟吾国，凡在五大洲诸国，谁弗然？盖文字之于国，上可以溯诸古昔而知建立所由来，中可以合大群而激发其爱国之念，下可以贻万世而宣其德化政治于无穷。关系之重如此，是以英吉利人因其国语言文字之力，能及全球，时以自诩；吾国人反举国文蔑视之，殊不可解。夫武卫者，保国之形式也；文教者，保国之精神也。故不知方者不可与言有勇。且语言发于天籁，文字根于语言，则亦天籁也。既为中国人，举凡各种科学，非得有中国文字阐明之，乌能遍行于二十二行省？是故欲教育普及，必以文学为先；欲教育之有精神，尤必以文学为要。此理之必不可易者也。如曰“精深高古之文，势不能尽人皆知之、皆为之”，此则别有办法，盖分为普通学、专门学是也。何谓普通学？但求其明白晓畅，足以作书疏应社会之用可矣。何谓专门学？则韩退之《答李翊书》所谓“将蕲至于古之立言者”是也。大抵中小学校与夫习他种专科，能有普通文学，已为至善。若以中国文学为专科，岂可自画？昔王介甫（安石）《答孙长倩书》云：“古之道废踣久矣。大贤间起废踣之中，率常位卑泽狭，万不救一二，天下日更薄恶，宦学者不谋道、主利禄而已。尝记一人焉，甚贵且有名，自言少时迷，喜学古文；后乃大悟，弃不学，治今时文章。夫古文何伤？直与世少合耳，尚不肯学，而谓学者迷；若行古之道于今世，则往往困矣，其又肯行耶？”惜抱先生《复鲁絜非书》亦谓古今才士，苟有为古文者，必杰士。今当斯文绝续之交，诸君负笈而来，有志兹学，是不以为迷也，使犹不以杰士相期，则吾岂敢！

根　本

《左传》云："言以足志，文以足言。不言，谁知其志？言之无文，行而不远。"（襄公二十五年）此孔子尚文之说也。然《论语》又云："质胜文则野，文胜质则史。文质彬彬，然后君子。"（《雍也》）夫质者，文之本也。《礼记》云："无本不立，无文不行。"（《礼器》）是文与本固相须为用也。而本尤为要。故《孟子》云："源泉混混，不舍昼夜，盈科而后进，放乎四海。有本者如是。"（《离娄》）呜呼！是岂独为立身行己言之哉！苟欲文之工，亦非此不办耳。此韩退之所以云："本深者末茂。"（《答尉迟生书》）又云："根之茂者其实遂，膏之沃者其光晔。仁义之人，其言蔼如也。"（《答李翊书》）昔荀子（况）云："君子之学也，入乎耳，著乎心，布乎四体，形乎动静。端而言（端读为喘），蝡而动，一可以为法则。小人之学也，入乎耳，出乎口，口耳之间，则四寸耳，曷足以美七尺之躯哉！古之学者为己，今之学者为人。君子之学也，以美其身；小人之学也，以为禽犊。"（《劝学》）扬子云《法言》云："古者之学，耕且养，三年通一；今之学也，非独为之华藻，又从而绣其鞶帨。"（《寡见》）王仲任（充）《论衡》云："有根株于下，有荣叶于上，有实核于内，有皮壳于外。文墨辞说，士之荣叶皮壳也。实诚在胸臆，文墨著竹帛，外内表里，自相副称。意奋而笔纵，故文见而实露。”（《超奇》）徐伟长（干）《中论》云：“圣人因智以造艺，因艺以立事。艺者，德之枝叶；德者，人之根干也。二者不偏行，不独立。木无枝叶，则不能丰其根干，谓之瘣；人无艺，则不能成其德，故谓之野。若欲为君子，必兼之乎。”（《艺纪》）颜氏（之推）《家训》云：“夫学者，犹种树也，春玩其华，秋登其实。讲论文章，春华也；修身利行，秋实也。”（《勉学》）凡此诸说，皆发明孔子文质相须之旨者也。要之此意，《易·贲卦》已详言之。案《贲》之“九三”曰：“贲如濡如，永贞吉。”夫“贲者，饰也”（《序卦传》）。曰“濡如”，则饰之甚也。然而曰“永贞吉”，则惧其灭质也。故“上九”又曰：“白贲无咎”。白者，无色之谓（《杂卦传》）。所以勉其敦本务实也。苟敦本务实，而文乃不为空言矣。古今鸿篇巨制，永垂不朽，端在乎此。夫岂有徒骋其词藻，而可以立诚居业者乎？

是故为文章者，苟欲根本盛大，枝叶扶疏，首在于明道。夫明道之旨，见于《中庸》，孔子所云“道之不明，我知之矣”是也。其后董子（仲舒）亦有“明道不计功”之语（《汉书·董仲舒传》）。盖自成周大司徒“以乡三物教万民，而宾兴之”，一曰六德，二曰六行，三曰六艺。而乡大夫、州长、党正以下，书而考之者，皆不外于德、行、道、艺四者（并《周礼·地官》）。德者，有诸身之谓；行者，著于事之谓；道为之本；而艺其末也。孔子讲授，一遵成周之旧，故曰：“志于道，据于德，依于仁，游于艺。”（《述而》）降及周末，此风已微，然诸子中最醇者孟氏，次则荀卿，韩退之《送孟东野序》所谓“以道鸣”者也。他若杨朱、墨翟、管夷吾、晏婴、老聃、庄周、申不害、韩非、慎到、田骈、邹衍、尸佼、孙武、苏秦、张仪之属，退之谓为“以其术鸣”，是诚精确。然就其术之长者，要未尝不包于道之中，犹不致华而不实也。两汉以后，醇儒虽少，然亦各有所明，至魏晋乃弥衰矣。是以退之云：就其善鸣者，“其声轻以浮，其节数以急，其词淫以哀，其志弛以肆，其为言也乱杂而无章”。隋初遂有以华艳之词入章奏者，文帝以付有司治罪。而治书侍御史李谔上书曰：魏之三祖（魏武帝为太祖，文帝为高祖，明帝为烈祖）崇尚文词，遂成风俗。“江左齐梁，其弊弥甚……竞一韵之奇，争一字之巧。连篇累牍，不出月露之形；积案盈箱，唯是风云之状。世俗以之相高，朝廷据兹擢士。以儒素为古拙，以词赋为君子。故文笔日繁，其政日乱。良由弃大圣之轨模，构无用以为用也。”

王仲淹（通）告门人亦云：“学者博诵云乎哉，必也贯乎道；文者苟作云乎哉，必也济乎义。”（《中说·天地》）盖皆灼见当时之弊。幸韩昌黎出，乃作《原道》《原性》等篇，而八代之衰以起。其《答李翊书》云：“能如是谁不乐告生以其道？道德之归也有日矣，况其外之文乎？”《答尉迟生书》云：“愈所能言者，皆古之道。”《答李秀才书》云：“愈之所志于古者，不唯其辞之好，好其道焉尔。读吾子之辞，而其得所用心，将复有深于是者，与吾子乐之，况其外之文乎？”《题欧阳生哀辞后》云：“愈之为古文，岂独取其句读不类于今者耶？思古人而不得见，学古道则欲兼通其辞。通其辞者，本志乎古之道也。古之道不苟毁誉于人。”由是其门人李南纪（汉）作《昌黎集序》，遂有“文者贯道之器”之说。此外如柳子厚（宗元）《答韦中立论师道书》云：“文者以明道，是固不苟为炳炳烺烺、务采色、夸声音而以为能也。”《报崔黯秀才书》云：“圣人之言，期以明道；学者务求诸道而遗其辞；辞之传于世者，必由于书。道假辞而明，辞假书而传。”《报袁君陈秀才避师名书》云：“秀才志于道。道苟成则勃然尔，久则蔚然尔。”宋柳仲涂（开）《应责》云：“天生德于人，圣贤异代而同出，岂以汲汲于富贵，私丰于己之身也？将以区区于仁义，公行于古之道也？己身之不足，道之足，何患乎不足？道之不足，身之足，则孰与足？”穆伯长（修）《答乔适书》云：“夫学乎古者所以为道，学乎今者所以为名。道者，仁义之谓也；名者，爵禄之谓也。然则，行道者有以兼乎名；守名者无以兼乎道。有其道而无其名，则穷不失为君子；有其名而无其道，则达不失为小人。与其为名达之小人，孰若为道穷之君子！矧穷达又各系其时遇，岂古之道有负于人耶？”欧阳永叔（修）《答吴充秀才书》云：“圣人之文虽不可及，然大抵道胜者，文不难而自至也。”又苏子瞻《祭欧阳公夫人文》述公语云：“我所为文，必与道俱；见利而迁，则非我徒。”曾子固（巩）《赠黎安二生序》云：“有以合乎世，必违乎古；有以同乎俗，必离乎道。”又《答李治书》云：“夫道之大归非他，惟欲其得诸心，充诸身，扩而被之国家天下而已，非汲汲乎辞也。”司马君实《迂书》云：“君子有文以明道，小人有文以发身。”周子《通书》云：“文所以载道也。轮辕饰而人弗庸，徒饰也，况虚车乎？文辞，艺也；道德，实也。笃其实而艺者书之，美则爱，爱则传焉。贤者得以学而至之，是为教。然不贤者虽父兄临之，师保勉之，不学也，强之，不从也。不知务道德而第以文辞为能者，艺焉而已。”是皆以道为文之本之说也。

其次在于经世。自《易·屯卦》言“君子以经纶”，《庄子·齐物论》因有“《春秋》经世，先王之志”之语。然“《诗》以道志，《书》以道事，《礼》以道行，《乐》以道和，《易》以道阴阳，《春秋》以道名分”（《庄子·天下》）。六经大义，何一不以经世为归？即其后九流十家，蜂出并作，各引一端，驰说于世。而据《庄子·天下》篇，论六艺云：“其数散于天下而设于中国者，百家之学时或称而道之。”则亦圣人之道之支与流裔。是以《汉书·艺文志》谓儒家出于司徒之官，道家出于史官，名家出于礼官，阴阳家出于羲和之官，法家出于理官，墨家出于清庙之守，纵横家出于行人之官，杂家出于议官，农家出于农稷之官，小说家出于稗官，而总论之曰："使其人遭明王圣主，得所折中，皆股肱之材已。"然则，学虽有纯有驳，要之大旨皆主于经世可知。两汉人才，无如贾、晁、董、刘、诸葛，其奏议固在于指陈时政，即相如之词赋，太史公以为"虽多虚辞滥说，然其要归引之节俭，此与《诗》之讽谏何异"《史记·司马相如传》)？则《子虚》《上林》，实与《谏猎书》相表里，即《封禅文》亦然。先姜坞府君（讳范）所以谓"设意措辞，皆翔蹑虚无，非诞妄贡谀者比也"，又何得谓无裨于世？唐宋之间，陆宣公固当首屈一指，他若韩退之、欧阳永叔、曾子固、苏子瞻、王介甫之文，李太白、杜子美（甫）、白乐天（居易）、黄山谷、陆务观（游）之诗，亦无一不以国利民福为兢兢。延及近代，如归、方、姚、曾辈，非有数篇关系天下万世文字，何以称作者？昔《论衡·自纪》篇云："为世用者，百篇何害？不为用者，一章无补。"王介甫《上人书》云："所谓文者，务为有补于世而已矣；所谓辞者，犹器之有刻镂绘画也。诚使巧且华，不必适用；诚使适用，亦不必巧且华。要之，以适用为本，以刻镂绘画为之容而已。"又《上邵学士书》云："某尝患近世之文，辞弗顾于理，理弗顾于事，以襞积故实为有学，以雕绘语句为精新。譬之撷奇花之英，积而玩之，虽光华馨采，鲜缛可爱，求其根柢济用，则蔑如也。"程子《答朱长文书》云："圣贤之言，不得已也。盖有是言则是理明，无是言则天下之理有缺焉。如彼耒耜陶冶之器，一不制，则生人之道有不足矣。圣贤之言，虽欲已，得乎？然其包涵尽天下之理，亦甚约也。后之人平生所为，动多于圣人，然有之无所补，无之无所缺，乃无用之赘言也。不止赘而已，既不得其要，则离真失正，反害于道必矣。"昆山顾亭林（炎武）《日知录》云："文之不可绝于天地间者，曰明道也，纪政事也，察民隐也，乐道人善也。若此者，有益于天下，有益于将来，多一篇多一篇之益矣。若夫怪力乱神之事，无稽之言，剿袭之说，谀佞之文，若此者，有损于己，无益于人，多一篇多一篇之损矣。”又云：“张子有言：‘民吾同胞。’今日之民，吾与达而在上位者之所共也。救民以事，此达而在上者之责也；救民以言，此穷而在下者之责也。”又《与友人书》云：“昔人谓‘载之空言，不如见之行事’。夫《春秋》之作，言焉而已，而谓之行事者；天下后世用以治人之书，将欲谓之空言而不可也。愚有见于此，故凡文之不关于六经之旨、当世之务者，一切不为。”如以上数条所言，庶几得文章之要领也欤！

要而言之，吾辈苟从事兹学，必先涵养胸趣。盖胸趣果异乎流俗，然后其心静；心静则识明而气自生，然后可以商量修、齐、治、平之学，以见诸文字，措诸事业。否则，虽告以文章为“经国之大业，不朽之盛事”，彼乌从而知之？即知之，乌能允蹈之？然欲涵养纯粹，非用力于退之《答李翊书》“无望其速成，无诱于势利”二语不可。考黄山谷《答秦少章书》云：“二十年来，学士大夫有功于翰墨者为不少，卓尔名家者则未多。盖深思其故，病在欲速成耳。夫四时之运天德也，不能即冬而为春，断可识矣。”窃谓此可作“无望其速成”句注脚。苏东坡《与李方叔书》云：“私意冀足下积学不倦，落其叶而成其实。深愿足下为礼义君子，不愿足下丰于才而廉于德也。若进退之际，不甚静慎，则于定命不能有毫发之益，而于名节有邱山之损矣。”此可作“无诱于势利”句注脚。若夫惜抱先生《答鲁宾之书》云：“《易》曰：‘吉人之辞寡。’夫内充而后发者，其言理得而情当；理得而情当，千万言不可厌，犹之其寡矣。气充而静者，其声闳而不荡；志章以检者，其色耀而不浮。邃以通者，义理也；杂以辨者，典章名物。凡天地间之所有也，闵闵乎聚之于锱铢，夷怿以善虚，志若婴儿之柔，若鸡伏卵，其专以一，内候其节而时发焉。夫天地之间莫非文也。故文之至者通乎造化之自然，然而骤以几乎合之则愈离。今足下为学，在于涵养而已。声华荣利之事，曾不得以奸乎其中，而宽以期乎岁月之久，其必有以异乎今而达乎古也。”此则更融会韩、柳之旨而总论之，开示后人，尤为周密。又歙县吴殿麟（定）《与友人论文书》云：“为文章者，若不于六经诸史根本是求，而惟末之务，乃欲无一言一字见疵于人，自古及今，盖未之见也。”嘉兴钱衎石（仪吉）《与弟警石（泰吉）书》云：“凡为文章者必先有‘知言’‘养气’工夫。若制行动辄乖谬，而谈理欲其切实，出言不免杂乱，而操笔欲其简净，岂不大难！”曾文正公《日记》云：“杜诗、韩文所以能百世不朽者，彼自有‘知言’‘养气’工夫。惟其知言，故常有一二见道语，谈及时事，亦甚识当世要务；惟其养气，故无纤薄之响。”语皆亲切有味，汇录于此，以为好学深思者之一助焉。

范 围

文学之范围，有广义焉，有狭义焉。自义之广者言之，如《论语》言：“夫子之文章，可得而闻也。”（《公冶》）又曰：“焕乎其有文章。”（《泰伯》）先儒谓凡言语、威仪、事业之著于外者皆是，盖所包括者众矣。即专以文字之成为书者而论，如《汉书·艺文志》之“七略”，曰辑略，曰六艺，曰诸子，曰诗赋，曰兵书，曰术数，曰方伎，何一不在文学之中？但古人文教盛行，虽野人女子，犹且词条丰蔚，映照古今，而况居士大夫之列！是以七者之文，莫不炳然可观，垂声千载，虽尤著者莫如诗赋，然未尝独擅其名。他如《太史公书》第附见“六艺略·春秋”中；贾、董诸篇，第附见“诸子略·儒家”中；晁错则附见“法家”中。及西汉之末，迄于东京，乃有专集，然犹出后人追录。观汉武帝命所忠求司马长卿遗书；魏文帝亦诏天下上孔北海（融）文章，而《与吴质书》太息徐、陈、应、刘之逝，复言撰其遗文，都为一集；陈承祚（寿）当晋世又奏上《诸葛忠武侯集》：此其尤彰明较著者也。其自制名者，始于张融《玉海集》。其区分部帙，则江淹有“前集”，有“后集”；梁武帝有“诗赋集”，有“文集”，有“别集”；梁元帝有“集”，有“小集”；谢朓有“集”，有“逸集”；与王筠之一官一集；沈约之“正集”百卷，文别选“集略”三十卷。此等体例，大抵始于齐梁，盖集之盛自此始。至总集莫古于《楚辞》，盖刘子政（向）尝裒集屈、宋以降诸篇，至己所作《九叹》而止；王叔师（逸）为章句，更以己之《九思》益之。及梁昭明太子（萧统）之《文选》出而渐盛。隋唐之际，其流益繁。是以开元总所藏之书，分为经、史、子、集四类，而集部遂专为历代文章之总汇。然而珠砾同传，妍媸各别，欲工兹事，非正其涂辙，何由有登堂哜胾之时！然则于猥滥之中，而择义精词卓者，以为后人程式，其义之由广而狭，宁非势使之然欤！

今综群书论之，文学家之别出于诸家者有四焉。

一异于性理家。何以言之？性理家所讲求者，微之在性命身心，显之在伦常日用，其学以德行为主，而不甚措意于词章。考其最善者，莫如周子《通书》、张子《正蒙》，曾文正公《答刘孟容书》尝以为“醇厚正大，邈焉寡俦”。《西铭》篇，惜抱先生《古文词类纂序目》亦谓“岂独其意之美耶？其文固未易几也”。他若程子《四箴》，朱子《六先生画像赞》，曾氏皆录于《经史百家杂钞》中。而朱子《语类》论文之语，先姜坞府君《援鹑堂笔记》且叹其深得古人秘钥。无如宗旨与文学家异，而流风渐被，其文既域于语录之中而不能振，诗亦但以《击壤集》为宗。夫邵子（雍）之诗，非无佳者也，然而无意为诗，即偶与风雅之旨合，不过出于性灵，故妙者极妙，而俗者极俗。奉为圭臬，流弊实多，而况语录之俚乎！故杨用修（慎）云：“文，道也；诗，言也。语录出而文与道判矣，诗话出而诗与言离矣。”惜抱先生《复曹云路书》云：“言之无文，行而不远。出词气不能鄙远，曾子戒之；况于说圣经以教学者、遗后世，而杂以鄙言乎？当唐之世，僧徒不通于文，乃书其师语，以俚俗谓之‘语录’。宋世儒者弟子，盖过而效之。然以弟子记先师，惧失其真，犹有取尔也。明世自著书者，乃亦效其辞，此何取哉？”又同治中刘孟容（蓉）为文喜谈性道，曾氏遗之书云：“欲发明义理，则当法经说理窟，及语录、札记；欲学为文，则当扫去一副旧习，赤地新立，将前此所业，荡然若丧其所有，乃始别有一番文境。未宜两下兼顾。”其《致吴南屏书》且云：“仆尝谓古文之道，无施不可，但不宜说理耳。夫孔子高（穿）理胜于辞，公孙龙辞胜于理。而平原君（赵公子胜）以为辞胜于理，终必受绌。苏子美（舜钦）亦谓‘李文公不逮韩，而理过于柳’。黄山谷《与王观复书》云：‘好作奇语，自是文章病。’但当以理为主。理得而辞顺，自然出类拔萃。焉有文章必不可谈理者？”曾氏此论，得无虑陈义之入于腐、措辞之流于俗耶？使果如退之《原道》，永叔《本论》，子固《学记》，固彬彬然足继六经诸子；即东坡《赤壁赋》与平生书札、诗歌，亦时时有见道语。盖由胸襟高旷，而文章又足以润色之，故信手拈来，皆有仙气，其境遂为所独有。吾但见推陈出新耳，何尝堕入理障也？

二异于考据家。大抵考据家宗旨，主于训诂名物。其派有二：在经学者为注疏家，如辅嗣（王弼）注《易》，毛公（大毛公、小毛公）传《诗》，子国（孔安国）解《书》，康成（郑玄）说《礼》，词皆简约。然观《汉书·艺文志》云：“后世经传既已乖离，博学者又不思‘多闻缺疑’之义，而务碎义逃难，便辞巧说，破坏形体，说五字之文，至于二三万言（注引桓谭《新论》云：“秦近君能说《尧典》，‘篇目’两字至十余万言，但说‘曰若稽古’三万言”），后进弥以驰逐。”徐伟长《中论》亦云：“鄙儒博学，务于物名，长于器械，考于训诂，摘其章句，而不能统其大义之所极，以获先王之心。此无异乎女史诵诗、内竖传命也。”（《治学》）汉魏儒者，解经繁碎，即此可知。至于疏家，尤为冗蔓，且入主出奴，不如是则以为落叶不归根、狐死不正邱首，亦一病矣。在史学者为典制家，如杜君卿（佑）《通典》，马贵与（端临）《文献通考》，各门总序，元元本本，殚见洽闻，诚不可谓非经世之作；然综其大体，多采掇群书，加以论断，与文学家实分道扬镳。而况郑渔仲（樵）《通志》之近于丛杂乎！而况《唐会要》《五代会要》之纷纷乎！昔福州梁茝林（章钜）《退庵随笔》云："余尝考古官制，检搜群书，不过两月之久，偶作一诗，觉神思滞塞，亦欲与故纸堆中求之，方悟著作与考订两家鸿沟界限，非亲历不知。"又云："著作始于三代，考据起于汉唐注疏，考其先后，知所优劣矣。著作如水，自为江海；考据如火，必附柴薪。作者之谓圣，词章是也；述者之谓明，考据是也。"吾邑吴挚甫先生（汝纶）与永朴书云："说道说经，不易成佳文。道贵正而文者必以奇胜，经则经疏之流畅，训诂之繁琐，皆与文体有妨。"两家并深有所见。但文学家读书议礼，亦未尝不用考据，是以惜抱先生与新城陈硕士（用光）书云："以考证累其文，则是弊耳；以助文之境，正有佳处，夫何病哉！"又硕士《太乙舟集》述先生之言云："《史记·周本纪赞》所谓'周公葬我毕——毕在镐东南杜中。'此太史公之考证也，何其高古，岂似后人之剌剌不休乎？"

三异于政治家。夫政治家宗旨，主于事功。惟唐、虞、三代之《典》《谟》《诰》《誓》《命》，春秋、战国士大夫之词令，最为古雅；秦汉以迄魏晋，犹有遗意；南北朝乃伤绮靡，然不可谓言之无文也；唐宋之际，粲然可观者，已可屈指而数；南宋陈同甫（亮）、叶水心（适）两家，则条达有余，简练不足。自是而后，名臣之奏议，循吏之公牍，遂与文学家判若两途。所以然者，固由后世入官之人，不必皆精文事；亦以聆其言者，程度至为不齐，非明白浅显，难以共喻。是以明天启中礼科给事中王志道请：凡奏疏中艰深要眇之句，隐语猜谜之习，悉行禁止。且引先正韩文之论曰：“谏草毋太文；文，上弗省也。毋太多；多，上弗竟也。”（《熹宗实录》）而近世萧山汪龙庄（辉祖）《学治臆说》云：“申上之文，必须措辞委曲，叙事显明，上官阅之，自然依允。”又云：“告示谕绅士者少，谕百姓者多。百姓类不省文义，必意简词明，方可入目。或用四言五六言韵语，缮写既便，观览亦易，庶几令行禁止。”然则其意固在适用也。但文学家未尝无此等文字，而一出名手，于轩豁呈露之中，自有雅人深致。观惜抱先生《与陈硕士书》云：“西汉人文传者，大抵官文书耳，而何其雄骏高古之甚！昌黎官中文字，止用当时文体，而即得汉人雄古之意。欧、曾、荆公官文字，雄古者鲜矣；然词雅而气畅，语简而事尽，固不失为文家好处矣。熙甫于此体，乃时有伤雅不能简当之病。”古今文家官文字，此条可括其略。惟苏东坡于此种尤雅畅，不独奏疏而已也。

四异于小说家。据《汉书·艺文志》，小说家盖摈于九流之外，以为“街谈巷语，道听途说者之所造”。然就其善者言之：或述见闻，智者得之，可以集思广益；或谈祸福，愚者得之，可以振聩发聋。故子夏虽曰“小道”“致远恐泥”，而未尝不以为“必有可观”（《论语·子张》）。然及其蔽也，情钟儿女，入于邪淫；事托鬼狐，邻于诞妄。又其甚者，以恩怨爱憎之故，而以忠为奸，以佞为圣，谀之则颂功德，诋之则发阴私，伤风败俗，为害甚大。且其辞纵新颖可喜，而终不免纤佻。是以曾文正公宗仰昌黎，而独于《试大理评事王君墓志铭》评之云：“此等已失古意。能者游戏，无所不可；末流效之，乃堕恶趣。”案此文末幅，叙王君取他人告身以诳侯处士而得妻。其事本无关劝惩，幸昌黎文气高古，犹足自立，使后人为之，与小说家纪述，何以异哉！吾弟叔节（永概）亦评《蓝田县丞厅壁题名记》云：“此文用意诡谲，下字生创，造句矜峭。有韩公雄古之笔运之，故无匠气，无俗韵；

不然，未有不落小说家派者也。其后孙可之辈为之，便觉不大方矣。”夫《史记·萧相国世家》载高祖繇咸阳，“吏皆送奉钱三，何独以五”。及后益封二千户，复云：“以帝尝繇咸阳时，何送我独赢奉钱二也。”《外戚世家》载管夫人、赵子儿笑薄姬及窦广国上书自陈小时常与姊采桑堕等事。《汉书·东方朔传》载朔恐侏儒射覆、拔剑割肉等事。《朱买臣传》载买臣妻求去，及拜会稽太守，衣故衣、怀印绶步归郡邸等事。班、马为史家宗祖，亦何尝不叙琐事以助文澜？而与小说家不同者，则以其意存言外，非第尽于言中也。盖《萧相国世家》所以著其为高帝故人，而犹岌岌不免，此帝之所以为雄猜也；《外戚世家》则著汉家妃后所出皆微，大抵由于色升爱选，不可与周之任姒比；《东方传》著贤者之不得志，有《邶风·简兮》篇之意；《买臣传》又著世态之炎凉。笔虽灵妙，而义归正大，故不嫌于纤巧。后来归太仆用以叙家庭间事，亦得斯秘。此其异同之际，差之毫厘，谬以千里，欲精文事，乌得不明辨之？

吾尝论古今著作，不外经、史、子、集四类。约而言之，其体裁惟子与史二者而已。盖诸子中，《管》《晏》《老》《墨》《列》《庄》《扬》《韩非》《吕览》《淮南》，皆说理者也；屈、宋则述情者也；《左》《国》、马、班以下诸史，则叙事者也。经于理、情、事三者，无不备焉，盖子、史之源也。如子之说理者本于《易》，述情者本于《诗》；史之叙事者，本于《尚书》、《春秋》、三《礼》。此其大凡也。集于理、情、事三者，亦无不备焉，则子、史之委也。自鄙夫小生，以肤辞浅说，附诸大雅之林，于是四部之书，惟此一类为杂。苟欲翦刈卮言，别裁伪体，使不明其范围所在，何由振雅而祛邪哉？大抵集中，如论辩、序跋、诏令、奏议、书说、赠序、箴铭，皆毗于说理者；词赋、诗歌、哀祭，则毗于述情者；传状、碑志、典志、叙记、杂记、赞颂，皆毗于叙事者。必也质而不俚，详而不芜，深而不晦，琐而不亵，庶几尽子史之长，而为六经羽翼。骤观之，其义若狭；实按之，乃所以为广耳。

纲 领

文学之纲领，以义法为首。此二字出于《史记·十二诸侯年表序》，所谓“孔子明王道，干七十余君，莫能用，故西观周室，论史记旧闻，兴于鲁，而次《春秋》，上记隐，下至哀公之获麟，约其文辞，治其烦重，以制义法，王道备，人事浃”是也。夫“王道备、人事浃”，有义以主之也；若“约其文辞，治其烦重”，则有法以裁之也。故孔子曰：“其义则丘窃取之矣。”（《孟子·离娄》）而范武子（宁）论《春秋》云：“一字之褒，荣于华衮之赠；片言之贬，辱过市朝之挞。”（《穀梁传序》）韩退之亦云：“《春秋》严谨。”（《进学解》）夫褒贬严谨，非所谓法欤？《孔子世家》所以云“笔则笔，削则削”，而游夏“不能赞一辞”也。其后方望溪用力于《春秋》者深，故独喻此旨。其论文遂揭此二字以示人。且评司马氏此篇云：“《春秋》之制义法，自太史公发之，而后之深于文者亦具焉。必义以为经，而法纬之，然后为成体之文。”其论精且切矣。吾友行唐尚节之（秉和）《古文讲授谈》云：“近世古文，自方望溪始讲义法，而此二字出于太史公《十二诸侯年表序》。此篇说《春秋》，实即说《史记》也。《春秋》之刺、讥、褒、讳、挹、损，不可以书见，故制义法，约其文辞，治其繁重，口授其传指于七十子之徒。而《史记》之忌讳尤甚。忌讳甚而又不能不有所刺讥，刺讥不可以书见也，故义愈微而词常隐。自后人不明此旨，而淮阴、淮南诸人遂真同叛逆矣。他若语褒而意讥、责备而心痛其人者，更微妙而难识。太史公盖预伤之，故说《春秋》以寓《史记》义法也。”观此又可见古人文章，其为义有隐显之不同；而其法亦极变化难测，特终归于有条不紊耳。要之，此意诸经已言之，如《易·家人卦》大象曰“言有物”，《艮》六五又曰“言有序”。“物”即义也。“序”即法也。《书·毕命》曰：“辞尚体要。”“要”即义也，“体”即法也。《诗·正月》篇曰：“有伦有脊。”“脊”即义也，“伦”即法也。《礼记·表记》曰：“情欲信，辞欲巧。”“信”即义也，“巧”即法也。左氏襄二十五年《传》曰：“言以足志，文以足言。”“志”即义也，“文”即法也。夫“离娄之明，公输子之巧，不以规矩，不能成方圆；师旷之聪，不以六律，不能正五音”。使为文而不讲义法，则虽千言立就，而散漫无纪，曷足贵哉！

顾世之为文章者，固不能必其义之精当，然而未敢倡言排之；独于所谓法者，或逞其才气，或诩为性灵，辄思叛而去之以为快。就其中持之有故、言之成理者，莫如宁都魏氏（禧），其《答计甫草书》云：“今之文士，奉古人之法度，犹贤有司奉朝廷律令，循循缩缩，守之而不敢违。今夫石所以量物，衡所以称物；天下有日蚀星变，山崩水涌，衡之所不能称，石之所不能量者矣。是故春生、夏长、秋杀、冬藏者，天地之法度也；哀、乐、喜、怒中其节，圣人之法度也。然且春夏之间，草木有忽枯槁，秋冬有忽萌芽。子之武城，闻弦歌之声，笑曰：‘割鸡焉用牛刀！’遇旧馆人之丧而出涕。是有过乎喜与哀者矣。盖天地之生杀，圣人之哀乐，当其元气所鼓动，性情所发，亦间有其不能自主之时；然世不以病天地、圣人，而益以见其大。文章亦然。古人法度，犹工师规矩不可叛也；而兴会所至，感慨、悲愤、愉乐之激发，得意疾书，浩然自快其志，此一时也，虽劝以爵禄不肯移，惧以斧钺不肯止，又安有左氏、司马迁、班固、韩、柳、欧阳、苏在其意中哉！至传志之文，则非法度必不工，此犹兵家之律，御众分数之法，不可分寸恣意而出之；生动变化，则存乎其人之神明，盖亦法中之肆焉者出也。”此论不可谓无见，然所谓得意疾书者，正神来气来之候，此种酣嬉淋漓境况，古人恒有之，虽未尝兢兢然求合于法，而卒未有与法背驰者。且彼谓传志之非有法不能工，固矣；曾亦思议论之文，亦非有命意，有布局，不可以成篇。况后生入门，多不能为传志，所能为者论说而已。若遽导之以自快其意，岂必喻立论之精微，势将简者失之晦，而不能条畅以伸所见；繁者失之冗，而不能的当以明所宗。其为弊有不可胜言者。

夫文之有法，犹室之有户也。谁能出不由户，而文顾可无法哉？昔者扬子云有言：“女恶丹青之乱窈窕也，书恶淫辞之淈法度也。”（《法言·吾子》）韩退之作《柳子厚墓志铭》云：“衡湘以南为进士者，皆以子厚为师，其经承子厚口讲指画为文辞者，皆有法度可观。”《唐书·文艺传》云：“韩愈、柳宗元、李翺、皇甫湜等，法度森严。”《宋史·欧阳修传》云：“修之为文，丰约中度。”唐荆川《董中峰侍郎文集序》云：“汉以前之文未尝无法，而未尝有法，法寓于无法之中，故其为法也，密而不可窥。唐与近代之文，不能无法，而能毫厘不失乎法，以有法为法，故其为法也，严而不可犯。密则疑于无所谓法，严则疑于有法而可窥。然而文之必有法，出乎自然而不可易者，则不异也。且夫不能有法，而何以议于无法？有人焉，见夫汉以前之文，疑于无法，而以为果无法也，于是率然而出之，决裂以为体，饾饤以为词，尽去自古以来开阖、首尾、经纬、错综之法，而别为一种痈肿、佶涩、浮荡之文，以为秦与汉之文如是，然乎否耶？”长洲汪尧峰（琬）《答陈霭公书》云："大家之有法，犹弈师之有谱，曲工之有节，匠氏之有绳度，不可不讲求而自得者也。后之作者，唯其知字而不知句，知句而不知篇，于是有开而无阖，有呼而无应，有前后而无操纵顿挫，不散则乱，譬如驱乌合之市人，而思制胜于天下，其不立败者几希。古人之于文也，扬之欲其高，敛之欲其深，推而远之欲其雄且骏。其高也如垂天之云，其深也如行地之泉，其雄且骏也，如波涛之汹涌，如万骑千乘之奔驰；而及其变化离合，一归于自然也，又如神龙之蜿蜒而不露其首尾，盖凡开阖、呼应、操纵、顿挫之法，无不备焉。则今之所传唐宋诸大家。举如此也。前明二百七十余年，其文尝屡变矣，而中间最卓卓知名者，亦无不学于古人而得之。"惜抱先生《与张阮林书》云："文章之事，能运其法者才也，而极其才者法也。古人文有一定之法，有无定之法。有定者，所以为严整也；无定者，所以为纵横变化也。二者相济而不相妨。故善用法者，非以窘吾才，乃所以达吾才也。夫思之深、功之至者，必其能见古人纵横变化所以为严整之理。思深功至而见之矣；而操笔而使吾手与吾所见之相副，尚非一日事也。"凡此诸说，皆发明法不可废之理。大抵古人之文，愈奇变不可测，愈有法以经纬其间。试观《庄子》内七篇，其词至俶诡，太史公所谓"洸洋自恣以适已"者也（《老庄申韩列传》）。而黄山谷乃称其"法度甚严"，意正如此。

虽然，不善用法，或反为所拘。拘则迫，迫则葸，葸则气馁，气馁则笔呆蹇而不活，其病亦巨。是以归震川评《史记》云："他人文字亦好，但如一个人面目具完，只无生气。"刘海峰《论文偶记》云："古人文章可告人者惟法耳。然不得其神，徒守其法，则死法而已。"惜抱先生《答翁学士书》云："鼐闻今天下之善射者，其法曰：'平肩臂，正脰，腰以上直，腰以下反句磬折，支左诎右。其释矢也，身如槁木。苟非是不可以射。’师弟子相授受，皆若此而已。及至索伦蒙古人之射，远贯深而命中，世之射者常不逮也。然则，射非有定法亦明矣。夫道有是非，而技有美恶。诗文皆技也。技之精者必近道。故诗文美者，命意必善。文字者，犹人之言语也。有气以充之，则观其文也，虽百世而后，如立其人而与言于此；无气则积字焉而已。意与气相御而为辞，然后有声音、节奏、高下、抗坠之度，反复、进退之态，彩色之华。故声色之美，因乎意与气而时变者也，是安得有定法哉！”凡此诸说，则又所以防不善用法而以窘其才者之弊，正可与魏说参观。昔太史公言：“非好学深思，心知其意，固难为浅见寡闻道也。”（《史记·五帝本纪赞》）苟心知其意，则魏说未始不足取。非然者即导以方氏之说，而彼亦汲汲焉以法度为急，终不过形存而君形者亡，与木偶无异。是故善学者闻古人之说，必相悦以解，若不善学，虽师友穷日夜之力，旁征曲喻，而只如扶醉人，持左则倾右，持右则倾左，如此而欲相与赏奇析疑，其可得乎？

且夫义法虽文学家所最重，而实不足以尽文章之妙。是以惜抱先生《与陈硕士书》云：“得书谓震川论文深处，望溪尚未见，此论甚是。望溪所得，在国朝诸贤为最深，较之古人则浅。其阅太史公书，似精神不能包括其大处、远处、疏澹处及华丽非常处。止以义法论文，则得其一端而已。”而作《古文辞类纂序》，遂云：“凡文之体十三，而所以为文者八，曰神、理、气、味、格、律、声、色。神、理、气、味者，文之精也；格、律、声、色者，文之粗也。然苟舍其粗，则精者亦胡以寓焉。学者之于古人，必始而遇其粗，中而遇其精，终则御其精者而遗其粗者。”又《与陈硕士书》云：“夫文章之事，所以为美之道非一端，命意、立格、行气、遣辞，理充于中，声振于外，数者一有不足，则文病矣。作者每意专于所求。而遗于所忽，故虽有志于学，而卒无以大过乎凡众。故必用功勤而用心精密，兼收古人之具美，融合于胸中，无所凝滞，则下笔时自无得此遗彼之病也。”方植之（东树）《昭昧詹言》云：“诗文以气脉为上。气所以行也，脉绾章法而隐焉者也。章法，形骸也，脉所以细束形骸者也。章法在外可见，脉不可见。气脉之精妙是为神至矣。”曾文正公《答许仙屏书》云：“来示询及古文之法，仆本无所解，近更荒浅，不复措意。古文者，韩退之氏厌弃魏晋六朝骈骊之文，而反之于六经两汉，从而名焉者也。名号虽殊，而其积字而为句，积句而为段，而为篇，则天下之凡名为文者一也。国藩以为欲著字之古，宜研究《尔雅》《说文》小学训诂之书，故尝好观近人王氏、段氏之说，欲造句之古，宜仿效《汉书》《文选》，而后可砭俗而裁伪；欲分段之古，宜熟读班、马、韩、欧之作，审其行气之短长、自然之节奏；欲谋篇之古，则群经诸子以至近世名家，莫不各有匠心，以成章法，如人之有股体，室之有结构，衣之有要领。大抵以力去陈言、戛戛独造为始事，以声调铿锵、包蕴不尽为终事。仆学无师承，冥行臆断，所辛苦而仅得之者，如是而已。”武昌张廉卿（裕钊）《答吴挚甫书》云：“古之论文者，曰：文以意为主，而辞欲能副其意，气欲能举其辞，譬之车然，意为之御，辞为之载，而气则所以行也。欲学古人之文，其始在因声以求气，得其气，则意与辞往往因之而并显，而法不外是矣。是故契其一而其余可以绪引也。盖曰意、曰辞、曰气、曰法，之数者，非判然自为一事；常乘乎其机，而绲同以凝于一，惟其妙之一出于自然而已。自然者，无意于是，而莫不备至，动皆中乎其节，而莫或知其然，日星之布列，山川之流峙，是也。宁惟日星山川？凡天地之间之物之生而成文者，皆未尝有见其营度而位置之者也，而莫不蔚然以炳，而秩然以从。夫文之至者，亦若是焉而已。观者因其既成而求之，而后有某者之可言耳。夫作者之亡也久矣，而吾欲求至乎其域，则务通乎其微。以其无意为之，而莫不至也，故必讽诵之深且久，使吾必与古人䜣合于无间，然后能深契自然之妙，而究极其能事。若夫专以沉思力索为事者，固时亦可以得意；然与夫心凝形释、冥合于言议之表者，则或有间矣。”故姚氏暨诸家“因声求气”之说，为不可易也。学者合观之，庶几于文学纲领，十得八九矣。

门　　类

欲学文章，必先辨门类。门者，其纲也；类者，其目也。总集古以《文选》为美备。故王厚斋（应麟）《困学纪闻》云：“李善精于《文选》，为注解因以讲授，谓之‘文选学’。少陵有诗：‘续儿学《文选》’又训其子云：‘熟精《文选》理。’盖‘选学’自成家。”陆放翁《老学庵笔记》亦云：“宋初此书盛行，士为之语曰：‘《文选》烂，秀才半。’然其中录文既繁，分类复琐。”苏子瞻题之云：“恨其编次无法，去取失当。”亦不可谓尽诬。盖文有名异而实同者，此种只当括而归之一类中，如骚、七、难、对、问、设论、辞之类，皆辞赋也；表、上书、弹事，皆奏议也；笺、启、奏记、书，皆书牍也；诏、册、令、教、檄、移，皆诏令也；序及诸史论赞，皆序跋也；颂、赞、符命，同出褒扬；诔、哀、祭、吊，并归伤悼。此等昭明皆一一分之，徒乱学者之耳目。自是以后，或有以时代分者，或有以家数分者，或有以作用分者，或有以文法分者，众说纷纭，莫衷一是。自惜抱先生《古文辞类纂》出，辨别体裁，视前人乃更精审。其分类凡十有三：曰论辩，曰序跋，曰奏议，曰书说，曰赠序，曰诏令，曰传状，曰碑志，曰杂记，曰箴铭，曰赞颂，曰词赋，曰哀祭。举凡名异实同与名同实异者，罔不考而论之。分合出入之际，独厘然当于人心。乾隆、嘉庆以来，号称善本，良有以也。上元梅伯言（曾亮）约之，有《古文辞略》之选，而增诗歌类。曾文正公又选《经史百家杂钞》，其门有三，著述门凡三类：曰著述，曰词赋，曰序跋；告语门凡四类：曰诏令，曰奏议，曰书牍，曰哀祭；记载门凡四类：曰传志，曰叙记，曰典志，曰杂记。其异于姚氏三端：如分类外更揭出三门，此所以示学者最为明白；至于杂记类外更益以典志、叙记两类，此则姚氏非不知之，第以其例既不选经史，则其他著作能合于此两类者寥寥，故括之于杂记类，而不别出两类之目耳；若夫并赠序于序跋，附箴、铭、赞、颂于词赋，此则姚氏之意，特以赠序与序跋，箴、铭、赞、颂与词赋，其用本不同而然，但文正或并或附，亦犹姚氏之以对策合于奏议，檄、移之合于诏令，夫亦何为不可！惟梅氏以诗歌入古文辞中，意在得文学之大全，然止录古体而无今体，与其合之而不备，诚不若别选之为愈矣。今就姚氏所分十三类，详论于后。

论辩类者，刘彦和（勰）《文心雕龙·论说》篇云："圣哲彝训曰经，述经叙理曰论。论者，伦也。伦理无爽，则圣意不坠。昔仲尼微言，门人追记，故仰其经目，称为《论语》。盖群论立名，始于兹矣。"又云："论也者，弥纶群言，而研精一理者也。是以庄周《齐物》，以论为名；不韦《春秋》，六论昭列。"姚氏亦云："盖原于古之诸子，各以所学著书诏后世。孔、孟之道与文至矣。自老、庄以降，道有是非，文有工拙。"综兹两说，可以知所由来。其曰辨者，字本作辩，《说文》："辨，治也，从言在辡之间。"故他传注或曰"明也"，或曰"分也"，或曰"别也"。曾氏云："诸子曰篇、曰训、曰览，古文家曰论、曰辨、曰议、曰说、曰解、曰原，皆是。"惟《伯夷颂》姚氏亦入此类，盖以其名异实同，且未用韵，与诸家之颂不同也。

序跋类者，《经典释文》云："序，次也。又与叙通。叙，亦次也。

盖次作者之指而道之也。”姚氏云：“昔前圣作《易》，孔子为作《系辞》、《说卦》、《文言》、《序卦》、《杂卦》之《传》，以推论本原，广大其义。《诗》《书》皆有序，而《仪礼》篇后有记，皆儒者所为。其余诸子，或自序其意，或弟子作之，《庄子·天下》篇、《荀子》末篇是也。”据此则古人之序，多缀于末。《诗》《书》序旧别为一卷，附本书以行；其冠之每篇首，特后所移耳。太史公自序、《汉书叙传》亦缀于末，惟诸表序冠于首。班氏作《两都赋》，前为之序，左太冲《三都赋》因之，而郑氏《诗谱》亦以序居前，此其滥觞欤！至乞人作序，起于太冲为赋成，自以名不甚著，求序于皇甫谧，由是后人文集莫不皆然；甚有两序或三四序者，顾亭林《日知录》深讥其非体。自有前序，乃谓缀末者为后序，亦谓之跋尾，或谓之书后。跋，《说文》：“蹎，跋也。从足，犮声。”《尔雅·释言》：“躐也。”《汉书》注：“蹑也。”盖本从足取义，引申之，处后皆曰跋。此类之原，曾氏广以《礼记》之《冠义》《昏义》，而谓“后世曰序、曰跋、曰引、曰题、曰读、曰传、曰注、曰笺、曰疏、曰说、曰解，皆是”。

奏议类者，其异名尤多。姚氏云：“唐、虞、三代圣贤陈说其君之辞，《尚书》具之矣。周衰，列国臣子为国谋者，谊忠而辞美，皆本《谟》《诰》之遗。汉以来有表、奏、疏、议、上书、封事之异名，其实一类，惟对策体少别。”曾氏亦云：“凡后世曰书、曰疏、曰议、曰奏、曰表、曰劄子、曰封事、曰弹章、曰笺、曰对策，皆是。”而《文心雕龙》言之尤详。《章表》篇云：七国言事，“皆称上书。秦初定制，改书曰奏。汉定四品：一曰章，二曰奏，三曰表，四曰议；章以谢恩，奏以按劾，表以陈请，议以执异。章者，明也。表者，标也”。《奏启》篇云：“奏者，进也。言敷于下，情进于上也。自汉以来，奏事者或称上疏。”“启者，开也。孝景讳启，故两汉无称。至魏国笺记，始云

‘启闻’，奏事之末，或云‘谨启’。自晋盛启，用兼表奏，陈政言事，既奏之异条；让爵谢恩，亦表之别干。自汉置八仪，密奏阴阳，皂囊封板，故曰封事。晁错受书，还上便宜”，“多附封事，慎机密也。”《议对》篇云：“议之言宜，审事宜也。昔管仲称轩辕有明台之议，其来远矣”。汉立驳议。“驳者，杂也。杂议不纯，故云驳也。”“又对策者，应诏而陈政也；射策者，探事而献说也。言中理准，譬射侯中的。二名虽殊，即议之别体也。”案唐以后有状，宋以后有劄子，近世有题本，有奏本，有附片。其名之异，亦以义各有主焉耳。

书说类者，姚氏云：“昔周公之告召公，有《君奭》之篇。春秋之世，列国士大夫或面相告语，或为书相遗，其义一也。”曾氏谓“凡后世曰书、曰启、曰移、曰牍、曰简、曰刀笔、曰帖，皆是”。《文心雕龙·书记》篇云：“书者，舒也。舒布其言，陈之简牍。”“战国以前，君臣同书，秦汉立仪，始有表奏，王公国内，亦称奏书。……迄至后汉，稍有名品，公府奏记，而郡将奏笺。记之言志，进己志也；笺者，表也，表识其情也。”曾氏名此类曰书牍，而姚氏则曰：“书，说也。”盖因其中多载战国游士说异国之君之辞而然。至说之为言，《文心雕龙·论说》篇云：“说者，悦也。兑为口舌，故言资悦怿；过悦心伪，故舜惊谗说。”得其旨矣。

赠序类者，姚氏云：“《老子》曰：‘君子赠人以言。’颜渊、子路之相违，则以言相赠处；梁王觞诸侯于范台，鲁君择言而进，所以致忠爱、陈忠告之谊也。唐初赠人始以序名，作者亦众。至于昌黎乃得古人之意，其文冠绝前后作者。苏明允之考名序，故苏氏讳序，或曰引，或曰说。”而迁安郑东甫（杲）语永朴云：“《诗·崧高》：‘吉甫作颂，其诗孔硕，其风肆好，以赠申伯。’即赠序之权舆。”富阳夏伯定（震武）亦云：“《燕燕序》‘庄姜送归妾’，《谓阳》‘我送舅氏’，皆有赠序之义。”据此可知其来远矣。至欧阳《郑荀改名序》，明允《仲兄文甫字说》《名二子说》，归震川《张雄字说》《二子字说》，此则因《仪礼·士冠礼》有字辞，且既冠而字之，以见于乡大夫、乡先生，又各有训戒，观《国语·晋语》载栾武子、范文子、韩献子之告赵文子即其证，亦不可谓无本。惟明时寿序盛行，其弊或入于谄谀，有道君子多耻为之。方望溪及曾氏咸有斯论，而两家集中终不能免。然则，择人而作，且所称无溢于实，庶乎可也。

诏令类者，姚氏云：“原于《尚书》之《誓》《诰》。而檄、令皆谕下之辞，亦当附入。”曾氏谓“凡后世曰诰、曰诏、曰谕、曰令、曰教、曰敕、曰玺书、曰檄、曰策命，皆是。”而《文心雕龙》言之尤详。《诏策》篇云：“昔轩辕、唐、虞，同称曰命。其在三代，事兼诰、誓，誓以训戒，诰以敷政，命喻自天，故授官锡胤。降及七国，并称曰命。命者，使也。秦并天下，改命曰制”。汉初“命有四品：一曰策书，二曰制书，三曰诏书，四曰戒敕。敕戒州部，诏诰百官，制施赦命，策封王侯。策者，简也；制者，裁也；诏者，告也；敕者，正也。”又云：“戒者，慎也。君父至尊，在三罔极。汉高祖之敕太子，东方朔之戒子，亦顾命之作也。教者，效也，言出而民效也。故王侯称教。”《檄移》篇云：檄之称自七国始。“檄者，皦也。皦然明白也。或称露布，播诸视听也。”“移者，易也。移风易俗，命往而民随者也。”盖刘氏判诏、策、檄、移为二，而以教、戒附于诏策；姚氏则合檄、令于诏中；至曾氏悉贯为一条，尤完密矣。

传状类者，刘子元（知几）《史通·六家》篇云：“传者，传也，所以传示来世。”《补注》篇云：“传者，转也，转授于无穷。”此传之意也。《文心雕龙·书记》篇云：“状者，貌也。体貌本原，取其事实。”此状之义也。曾氏云：“经则《尧典》《舜典》，史则本纪、世家、列传，皆记载之公者也。后世记人之私者，曰家传、曰行状，曰事略，曰年谱，皆是。”但彼合传、志为一，故更数及墓表、墓志铭、神道碑。姚氏分而出之，引刘海峰之言曰：“古之为达官、名人传者，史官职之；文士作传，凡为圬者、种树之流而已。其人既稍显，即不当为之传；为之行状，上史氏而已。”案《日知录》云：“列传始于太史公，盖史体也。不当作史之职，无为人立传者。梁任昉《文章缘起》言传始于东方朔作《非有先生传》，是以寓言而谓之传。《韩文公集》传三篇，《柳子厚集》传六篇，皆微者与游戏之作，比于稗官；若段太尉则曰逸事状，而不曰传。”方望溪《答乔介夫书》亦云：“家传非古也，必阨穷隐约，国史所不列，文章之士，乃私录而传之。独宋范文正公、范蜀公（镇）有家传，而为之者，张唐英、司马温公耳。此两人故非文家，于文律或未审；若八家则无为达官私立传者。”此两说实海峰所本。至传末评语，其名诸家不同。据《史通·论赞》篇云：“《左传》发论，假君子以称之，二《传》云公羊子、穀梁子，《史记》云太史公，班固曰赞，荀悦曰论，《东观》曰序，谢承曰诠，陈寿曰评，王隐曰议，何法盛曰述，扬雄曰撰，刘昺曰奏，袁宏、裴子野自显姓名，皇甫谧、葛洪列其所号，而史官通称史臣。其名万殊，其归一揆，必取道于时者，则总归论赞焉。”此虽论史，其可以资文家之取裁乎。

碑志类者，《文心雕龙·诔碑》篇云：“碑者，埤也。上古帝皇纪号封禅，树石埤岳，故曰碑也。又宗庙有碑，树之两楹，事止丽牲，未勒勋绩。而庸器渐缺，故后代用碑，以石代金，同乎不朽。自庙徂坟，犹封墓也。”姚氏云：“其体本于《诗》，歌颂功德，其用施于金石。周之时有石鼓刻文；秦刻石于巡狩所经过；汉人作碑文，又加以序。序之体盖秦刻琅琊具之矣。茅顺甫（坤字）讥韩文公碑序异史迁，此非知言。金石之文，自与史家异体，如文公作文，岂必以效司马氏为工耶？志者，识也，或立石墓上，或埋之圹中，古人皆曰志。为之铭者，所以识之之辞也。然恐人观之不详，故又为序。世或以石立墓上曰碑、曰表，埋乃曰志，及分志、铭二字，独呼前序曰志者，皆失其义，盖自欧阳公不能辨矣。”又《与陈硕士书》云：“墓表自与神道碑同类，与埋铭异类。神道碑有铭，似墓表用铭亦可通，然非体之正也。吾谓文章体制，当准理决之；不得以前贤有此，便执为是，如赠序中用‘不具某顿首，’与书同，此颜鲁公（真卿）《送蔡明远序》体也，直当断以为不是耳，安可法之耶？”又评韩公《殿中少监马君墓志铭》云：“古者书旌柩前，即谓之铭，故不必有韵之文始可称铭。”案：《礼记·檀弓》云：“铭，明旌也。以死者为不可别已，故以其旗识之，爱之斯录之矣，敬之斯尽道焉耳。”《祭统》云：“夫鼎有铭。铭者，自名也。自名以称扬其先祖之美，而明著之后世者也。”又云：“铭者，论撰其先祖之有德善，功烈勋劳庆赏声名列于天下，而酌之祭器，自成其名焉，以祀其先祖者也。”左氏襄二十九年《传》云：“夫铭，天子令德，诸侯言时计功，大夫称伐。”据此则铭之义至广，凡树之山岳，勒之宗庙，无论为金为石，有韵无韵，皆可称之，不独揭之墓道与埋诸幽室也。姚说固非无稽。余姚黄太冲（宗羲）《金石要例》云：“墓志而无铭者，盖叙事即铭也。所谓志铭者，道一篇而言之，非以叙事属志，韵语属铭。犹作赋者末有‘重曰’‘乱曰’，总之是赋，不可谓重是重、乱是乱也。”又云：“柳州《葬令》曰：‘凡五品以上为碑，龟趺螭首；降五品为碣，方趺圆首。’此碑碣之分。凡言碑者，即神道碑也。后世则碣亦谓之碑矣。”又云：“今制：三品以上神道碑，四品以下墓表。铭藏于幽室，碑、表施于墓上。虽名不同，其实一也。故墓表之书子姓与有铭，不可谓非。”先姜坞府君《援鹑堂笔记》云：“志止是立石为辞以志之，铭即志耳。故或称志铭，或称铭志。刘显卒，友人刘之遴启皇太子为之铭志，今《梁书》载其词。观前人石刻，有‘有序’二字，以目其散文，《文选》谢朓《和伏武昌诗》，善注引徐冕《伏曼容墓志序》云云是也。若后无韵语，则即散文亦可谓之志，唐宋诸公集皆有之。欧公论《尹师鲁墓志铭》云：‘志言云云，铭言云云，是以志铭分为二，以序独为志，盖是误也。’”两家之论，皆惜翁所本。

杂记类者，姚氏云：“亦碑文之属。碑主于称颂功德，记则所纪大小事殊，取义各异，故有作记序与铭诗全用碑文体者，又有为纪事而不以刻石者。”曾氏云：“如《礼记·投壶》《深衣》《内则》《少仪》，《周礼》之《考工记》皆是。”后世修造宫室有记，游览山水有记，以及记器物、记琐事皆是。

箴铭类者，姚氏云：“三代以来有其体矣。圣贤所以自戒警之义，其辞尤质而意尤深。”案：箴如轩辕《舆》《几》之箴（《皇王大纪》），辛甲之“命百官官箴王阙”（左氏襄四年传）。铭如汤之《盘铭》（《礼记·大学》），武王《户》《席》诸铭（《大戴礼·武王践阼》），皆其原也。

颂赞类者，姚氏云：“亦《诗·颂》之流，而不必施之金石者也。”《文心雕龙·颂赞》篇云：“颂者，容也，所以美盛德而述形容也。”“赞者，明也，助也。昔虞舜之祀，乐正重赞（《尚书·六传》），盖唱发之辞。及益赞于禹（《书·大禹谟》）、伊陟赞于巫咸（《史记·封禅书》），并飏言以明事，嗟叹以助辞也。”

词赋类者，《汉书·艺文志》云：“《传》曰：‘不歌而诵谓之赋。登高能赋，可以为大夫。’言感物造端，材智深美，可与图事，故可以为列大夫也。古者诸侯卿大夫交接邻国，以微言相感，当揖让之时，必称诗以谕其志，盖以别贤不肖而观盛衰焉。故孔子曰‘不学《诗》，无以言’也。春秋之后，周道浸坏，聘问歌咏，不行于列国，学诗之士，逸在布衣，而贤人失志之赋作矣。”《两都赋序》云：“赋者，古诗之流也。”《文心雕龙·诠赋》篇云：“诗有六义，其二曰赋，赋者，铺也。铺采摛文，体物写志也。”赋与诗体虽异，“总其归涂，实相枝干。赋也者，受命于诗人，拓宇于楚辞也”。姚氏云：“赋者，风雅之变体也，楚人最工为之，盖非独屈子而已。余尝谓《渔夫》及楚人以弋说襄王、宋玉对王问遗行，皆设辞无事实，皆词赋类耳，太史公、刘子政不辨，而以事载之，盖非是。词赋固当有韵，然古人亦有无韵者，以义在托讽，亦谓之赋耳。”综诸说观之，然则赋之发源在于诗，无可疑者。至其异名，曾氏云：“后世曰赋、曰辞、曰骚、曰七、曰设论、曰符命、曰歌，皆是。”盖得其实。

哀祭类者，姚氏云：“《诗》有《颂》，《风》有《黄鸟》《二子乘舟》，皆其原也。”曾氏更广以《书》之《武成》《金縢》祝辞，《左传》荀偃、赵简子祝辞，而谓“后世曰祭文、曰吊文、曰哀辞、曰诔、曰告祭、曰祝文、曰愿文、曰招魂，皆是。”《文心雕龙·诔碑》篇云：周时“大夫之材，临丧能诔。诔者，累也，累其德行，旌之不朽也。”《哀吊》篇云：“哀者，依也。悲实依心”，“以辞遣哀，盖不泪之悼。”“吊者，至也。君子命终定谥，事极理哀。故宾之慰主，以至到为言也。”观其所论，可知三者当归一类。刘氏以诔合碑，又别出哀吊，岂非矛盾耶?

若夫典志之名，《尔雅·释诂》《书·传》并云：“典，常也。”《仪礼·士昏礼》注：“典，常也，法也。”《说文》：“典，五帝之书也。从册在丌上，尊阁之也。”庄都说：“典，大册也。”志与识通，记也。诗歌之名，《诗谱序》孔《疏》云：“诗有三训：承也，志也，持也，作者承君政之善恶，述己志而作诗，所以持人之行，使不失坠也。”《礼记·乐记》:“歌，咏其声也。”《诗·传》:“曲合乐曰歌。”合而观之，亦可以知两类发生之所由。

至记叙类，其义易明，兹不赘释。

功　　效

昔陆士衡（机）《文赋》云："伊兹文之为用，固众理之所因。恢万里而无阂，通亿载而为津。俯贻则于来叶，仰观象乎古人。济文武于将坠，宣风声于不泯。涂无远而不弥，理无微而弗纶。配霑润于云雨，象变化乎鬼神。被金石而德广，流管弦而日新。"此总论其功效也。使为文而无功效可言，虽雕琢其辞，与《礼记·曲礼》所谓"鹦鹉能言，不离飞鸟；猩猩能言，不离禽兽"者何以异？与欧阳子《送徐无党南归序》所谓"草木荣华之飘风，禽兽好音之过耳"者又何以异？兹更即其彰明较著者分而论之，盖大端有六：

一曰论学。学也者，本己之所得，以救之世所失者也。韩退之《进学解》云："觝排异端，攘斥佛老。补苴罅漏，张皇幽渺。寻坠绪之茫茫，独旁搜而远绍。障百川而东之，回狂澜于既倒。"张子《语录》云："为天地立心，为生民立命，为往圣继绝学，为万世开太平。"意正指此。但文章不工，虽有此志此学，何由宣其所见，以觉当世而诏来兹？故程子读张子《西铭》，以为"无子厚笔力发不出"。黄东发（震）《日抄》云："朱子为文，其天才卓绝，学力宏肆，落笔成章，殆于天造。其剖析性理之精微，则日精月明；其穷诘邪说之隐遁，则神搜霆击；其感慨忠义，发明《离骚》，则苦雨凄风之变态；其泛应人事，游戏翰墨，则行云流水之自然。”太仓陆桴亭（世仪）《思辨录》云：“古文须少年时及早为之。王阳明（守仁）未遇湛甘泉（若水）讲道时，先与同辈学作诗文。故讲道之后，其往来论学书及奏疏，皆明白透快，吐言成章，动合古文体格，虽识见之高，学力之到，然其得力，未始不在平日一番简练揣摩也。”据此可见文章发挥道妙，其功效之见于论学者，固当首及之矣。

二曰匡时。古人以《禹贡》行河；以《洪范》察变；以《春秋》断狱，或以之出使；以《甫刑》校律令条法；以《三百五篇》当谏书；以《周官》致太平；以《礼》为服制，以兴教化。圣贤经典，无不与政治有关。是以为文章者，必有陈古风今之思，本其心之沉郁，而达以笔之委婉，乃可以动人，可以救世。顾亭林《日知录》云：“舜曰：‘诗言志。’此诗之本也。《王制》：‘命太师陈诗以观民风。’此诗之用也。《荀子》论《小雅》曰：‘疾今之政以思往者，其言有文焉，其声有哀焉。’此诗之情也。故诗者，王者之迹也。”唐白居易《与元微之书》曰：“年齿渐长，阅事渐多，每与人言，多询时务；每读书史，多求理道。始知文章合为时而著，诗歌合为事而作。”又自叙其诗关于美刺者谓之讽谕诗，自比于梁鸿《五噫》之作。而谓好其诗者邓鲂、唐衢俱死，“吾与足下又困踬。岂六义、四始之风，天将破坏不可支持耶？又不知天意不欲使下人病苦闻于上耶？”嗟乎，可谓知立言之旨者矣。案《杜工部集》中，如《北征》、《自京赴奉先咏怀》、“三吏”、“三别”、前后《出塞》、《兵车行》、《悲陈陶》、《悲青坂》、《哀江头》、《哀王孙》诸篇，其闵时愤俗之怀，沉郁悲壮，往往足以继变风变雅，故当时号为“诗史”。苏东坡亦评其诗云：“古今诗人众矣，而杜子美为首。岂非以其流落饥寒，终身不用，而一饭未尝忘君也欤？”然则，因所遭之时，或颂其美，或刺其失；当王泽浸衰，犹思匡而正之，追而复之，近救一时，远垂万世，斯又文章之功效也。

三曰纪事。夫立乎千百世之后，而追溯千百世以前，其为时也远矣。乃举凡贤君相之丰功骏业，名儒之至德要道，莫不可以穷原竟委，历历言之，非有高文为之叙述，何以臻此？昔韩退之《答崔立之（斯立）书》，自言“将耕于宽闲之野，钓于寂寞之滨，求国家之遗事，考贤人哲士之所终始，作唐之一经，垂之于无穷，诛奸谀于既死，发潜德之幽光。”虽《答刘秀才论史书》有“仆虽呆，亦粗知自爱，实不敢率尔为之”之语，而柳子厚遗之书云：“若退之如此，则唐之史述，卒无可托。明天子、贤宰相得史才如此，而又不果，甚可痛哉！”此可见其文不高，不能为史；即为之，亦必不能令人传习而脍炙之也。是以退之进《撰平淮西碑文表》，历陈二《典》、《禹贡》、《盘庚》、五《诰》、《元鸟》、《长发》、《清庙》、《臣工》、大小二《雅》，以为“皆由辞事相称，善并美具，乃号以为经，从始至今，莫敢指斥；向使撰次不得其人，文字暧昧，虽有美实，其谁观之？”李习之《答皇甫湜书》云：“仆以为西汉十一帝，高祖起布衣，定天下，豁达大度，东汉所不及；其余惟文、宣二帝为优。自惠、景以下，亦不皆明于东汉明、章二帝；而前汉事迹灼然传在人口者，以司马迁、班固叙述高简之功，故学者悦而习焉，其读之详也。足下读范晔《汉书》、陈寿《三国志》、王隐《晋书》生熟，何如左邱明、司马迁、班固之温习哉？故温习者事迹彰，而罕读者事迹晦。读之疏数，在词之高下，理必然也。”欧阳永叔跋《唐田布碑》云：“今有道史汉时事，其人伟然甚著，而市儿俚妪，犹能道之；自魏晋以下，不为无人，而其显赫不及于前者，无左丘明、司马迁之笔以起其文也。”曾子固《寄欧阳舍人书》，又谓“非畜道德而能文章者，不可以作铭”，且申之云：“人之行，有情善而迹非，有意奸而外淑，有善恶相悬而不可以实指，有实大于名，有名侈于实，犹之用人，非畜道德者恶能辨之不惑、议之不徇？不惑不徇，则公且是矣。而其辞之不工，则世犹不传，于是又在其文章兼胜焉。故曰：'非畜道德而能文章者，无以为也'，岂非然哉！"虞道园（集）《跋张方先生传后》云（案：方字未详）："史臣书事，惟战功、文学、治术则易书，隐君子之为德则难言也。太史公书《伯夷传》，载许由之冢；《东汉书·黄叔度传》，其文虽不及于司马氏，而能使后世拟叔度为颜子，而人信而不疑，亦文章之难事乎！"呜呼！欧阳公有言：盛衰生死之际不足道，"惟为善者能有后，而托于文字者可以无穷"（《河南府司录张君墓表》）。然则，使古今事业磊磊轩天地者不致沉没，斯又文章之功效也。

四曰达情。昔人云：未免有情，谁能遣此？情之在人，正所以灵于万物者也。《诗·七月·毛传》云："春女悲，秋士悲，感其物化也。"《文心雕龙·物色》篇云："春秋代序，阴阳惨舒，物色之动，心亦摇焉。盖阳气萌而元驹步，阴律凝而丹鸟羞（元驹、丹鸟，并见《夏小正》。元驹，蚁也；丹鸟，萤也）。微虫犹或入感，四时之动物深矣。若夫珪璋挺其惠心，英华秀其清气，物色相召，人谁获安！是以献岁发春，悦豫之情畅；滔滔孟夏，郁陶之心凝；天高气清，阴沉之志远；霰雪无垠，矜肃之虑深。岁有其物，物有其容；情以物迁，辞以情发。一叶且或迎意，虫声有足引心，况清风与明月同夜，白日与春林共朝哉！"钟仲伟（嵘）《诗品》云："春风春鸟，秋月秋蝉，夏云暑雨，冬日祁寒，斯四候之感诸咏者也。嘉会寄诗以亲，离群托诗以怨。至于楚臣去境，汉妾辞宫。或骨横朔野，魂逐飞蓬；或负戈从戎，杀气雄边。塞客衣单，孀闺泪尽。或士有解佩出朝，一去忘返；女有扬娥入宠，再盼倾城。凡斯种种，感荡心灵，非陈诗何以展其义，非长歌何以骋其情？故曰：《诗》，'可以群，可以怨'。"由此观之，古人性情，未有不见于文字者，故《文赋》云：“思涉乐其必笑，方言哀而已叹。”退之《送孟东野序》云：“其歌也有思，其哭也有怀。”然此犹言情之在一己者耳。若夫由己及人，而使彼此之间，洞然无阂，如汉文帝之《与南越王赵佗书》、光武之《与窦融书》，皆以一纸定边陲，力量视十万劲兵，有过之无不及。唐德宗兴元大赦诏，感人之捷亦然。而历代词令施于邻国者，可类推矣。然则情之所及，无论近远，放之皆准，感而遂通，斯又文章之功效也。

五曰观人。《礼记·乐记》云：“宽而静、柔而正者，宜歌《颂》；广大而静、疏达而信者，宜歌《大雅》；恭俭而好礼者，宜歌《小雅》；正直而静、廉而谦者，宜歌《风》；肆直而慈爱者，宜歌《商》；温良而能断者，宜歌《齐》。”魏文帝《典论》云：“夫人善于自见；而文非一体，鲜能备善。”惜抱先生《与陈硕士书》云：“作诗者，苟天才与其体性不近，不必强之。大抵其才驰骋而炫耀者，宜七言；深婉而澹远者，宜五言。虽不可尽以此论拘，而大概似之矣。”据此，则人之性情、才气、志操、学业，固各有所宜。惟然，故观其文可以知其人也。昔孔子言：“始吾与人也，听其言而信其行；今吾与人也，听其言而观其行。”（《公冶》）又曰：“论笃是与，君子者乎？色庄者乎？”（《先进》）又曰：“不以言举人。”（《卫灵》）此特就苟以欺人于一时者言之耳。若其平生所著，则心术隐微，必有流露于字里行间而不能掩者。试观子厚谓“慷慨自为正直，行行焉如退之”（《与韩愈论史书》），故退之之文，莫不奇崛；而如《祭郑夫人文》《祭十二郎文》《韩滂墓志铭》《女挐圹铭》，乃至性缠绵，读之令人涕下，故李习之又谓其“孝友慈祥”（《外姑韦夫人墓志》）。苏子由（辙）谓欧阳公“议论宏辨，容貌秀伟”（《上枢密韩太尉书》），故永叔之文，莫不深婉；而如与范司谏（仲淹）、高司谏（若讷）两书，乃凛然有不可犯之色，故王介甫又谓其“果敢之气，刚正之节，至晚而不衰”(《祭欧阳文忠公文》)。虞道园《跋欧曾二公帖》云:“欧阳公著书，所以资僚友之考订者，谦至而周悉；曾公家书，所以告语其嫂者，忠爱而敦笃。所谓盛代之德人、文学之师表也。学者因翰墨而想象其词气，因词气而涵泳其德业，所得不既多乎？”此正见文章可以得人之真相与其全量也。不然，何以《书》言“敷奏以言”(《尧典》)、《礼》言“或以言扬”(《文王世子》)哉！是以《日知录》云:“末世人情弥巧，文而不惭，固有朝赋《采薇》之篇，而夕有捧檄之喜者，苟以其言取之，则车载鲁连、斗量王蠋矣。曰：是不然，世有知言者出焉，则其人之真伪，即以其言辨之，而卒莫能逃。《黍离》之大夫，始而‘摇摇’，中而‘如噎’，既而‘如醉’，无可奈何而付之苍天者，真也。汨罗之宗臣，言之重，词之复，心烦意乱，而其词不能以次者，真也。栗里之征士，澹然若忘于世，而感愤之怀，有时不能自止，而微见其情者，真也。其汲汲然自表襮而为言者，伪也。”方望溪《与刘言洁书》云:“道之不闻，而其言传，自古及今，未有一得者也。身则无是，而强为闻道之言，则其出也，不能如其心，而其传也，人能知其伪。”夫人藏其心，不可测度也；然而观其所言，即可以知其所蕴，斯又文章之功效也。

六曰博物。夫博物之书，莫如《尔雅》。今观所述，不外《诗》《书》《礼》《乐》四端，盖皆宇宙之大文也。自兹而降，莫如屈、宋、扬、马之词赋。是以《文心雕龙·物色》篇云:“诗人感物，联类不穷；流连万象之际，沉吟视听之区。写气图貌，既随物以宛转；属采附声，亦与心而徘徊。故‘灼灼’状桃花之鲜，‘依依’尽杨柳之貌，‘杲杲’为日出之容，‘瀌瀌’拟雨雪之状，‘喈喈’逐黄鸟之声，‘喓喓’学草虫之韵。‘皎日’‘嘒星’，一言穷理；‘参差’‘沃若’，两字穷形。并以少总多，情貌无遗矣。虽复思经千载，将何易夺？及《离骚》代兴，触类而长，物貌难尽，故重沓舒状，于是'嵯峨'之类聚，'葳蕤'之群积矣。及长卿之徒，诡势瑰声，模山范水，字必鱼贯，所谓诗人丽则而约言，辞人丽淫而繁句也。"又云："山林皋壤，实文思之奥府。屈平所以能洞鉴风骚之情者，抑亦江山之助乎！"及韩退之出，乃更以诗赋所长，入于散体文中，是以《上兵部李侍郎书》云："凡自唐、虞以来，编简所存，大之为河海，高之力山岳，明之为日月，幽之为鬼神，纤之为珠玑华实，变之为雷霆风雨，奇辞奥旨，靡不通晓。"至《送高闲上人序》云："往时张旭善草书，不治他伎，喜怒、窘穷、忧悲、愉快、怨恨、思慕，酣醉、无聊、不平，有动于心，必于草书焉发之；观于物，见山水、崖谷、鸟兽、虫鱼、草木之花实、日月、列星、风雨、水火、雷霆、霹雳、歌舞、战斗，天地事物之变，可喜可愕，一寓于书。"此虽论草书，而行文之妙，亦犹是矣。柳子厚《愚溪诗序》云："余虽不合于俗，亦颇以文墨自慰。漱涤万物，牢笼百态，而无所避之。"欧阳公《六一诗话》载梅圣俞论诗云："必状难写之景，如在目前；含不尽之意，见于言外。"因引严维诗"柳塘春意漫，花坞夕阳迟"，以为"天容时态，融和骀荡，岂不如在目前乎？又若温庭筠'鸡声茅店月，人迹板桥霜'，贾岛'怪禽啼旷野，落日恐行人'，则道路辛苦，羁愁旅思，岂不见于言外乎？"苏子瞻评诗人写物云："'桑之未落，其叶沃若'，他木殆不可以当此。林逋《梅花》诗云：'疏影横斜水清浅，暗香浮动月黄昏。'决非桃李诗。皮日休《白莲花》诗云：'无情有恨何人见，月晓风清欲堕时。'决非红莲诗。此乃写物之工。若石曼卿（延年）《红梅》诗云：'认桃无绿叶，辨杏有青枝。'至陋语，盖村学中体也。"又书参寥（僧道潜）论杜诗云："老杜诗'楚江巫峡半云雨，清簟疏帘看弈棋'，此句可画。但恐画不就尔。"叶少蕴（梦得）《石林诗话》云："老杜'细雨鱼儿出，微风燕子斜’，此十字殆无一字虚设。细雨著水面为沤，鱼常上浮而淰；若大雨则伏而不出。燕体轻弱，风猛则不能胜；惟微风乃受以为势。至‘穿花蛱蝶深深见，点水蜻蜓款款飞’，‘深深’字若无‘穿’字，‘款款’字若无‘点’字，皆无以见。”其精微如此。自文学家有此境，于是赋物之工，诚如《文赋》所谓“笼天地于形内，挫万物于笔端”者，斯又文章之功效也。

以上所陈六者，皆彰明较著之大端。自今以往，世局日新，人事日多，而所以助文章而生其波澜意态者日广，则其功效必日著，是在有志兹学者扩而充之、神而明之耳。

文学研究法卷二

运　会

《文心雕龙·时序》篇云：“昔在陶唐，德盛化钧，野老吐‘何力’之谈，郊童含‘不识’之歌。有虞继作，政阜民暇，‘薰风’诗于元后，‘烂云’歌于列臣。尽其美者何？乃心乐而声泰也。至大禹敷土，‘九序’咏功；成汤圣敬，‘猗欤’作颂。逮姬文之德盛，《周南》勤而不怨；太王之化淳，《豳风》乐而不淫。幽、厉昏而《板》《荡》怒，平王微而《黍离》哀。故知歌谣文理，与世推移，风动于上，而波震于下者也。春秋以后，角战英雄，六经泥蟠，百家飚骇。方是时也，韩、魏力政，燕、赵任权；五蠹六虱，严于秦令；唯齐、楚两国，颇有文学，齐开庄衢之第，楚广兰台之宫，孟轲宾馆，荀卿宰邑；故稷下扇其清风，兰陵郁其茂俗，邹子（衍）以谈天飞誉，驺奭以雕龙驰响，屈平联藻于日月，宋玉交彩于风云。观其艳说，则笼罩《雅》《颂》，故知炜烨之奇意，出乎纵横之诡俗也。爰至有汉，运接燔书，高祖尚武，戏儒简学。虽礼律草创，《诗》《书》未遑；然《大风》《鸿鹄》之歌，亦天纵之英作也。施及孝惠，迄于文、景，经术颇兴，而辞人勿用，贾谊抑而邹、枚沉（邹阳、枚乘），亦可知已。逮孝武崇儒，润色鸿业，礼乐争辉，辞藻竞骛：柏梁展朝宴之诗，金堤制恤民之咏，征枚乘以蒲轮，申主父（偃）以鼎食，擢公孙（宏）之对策，叹倪宽之拟奏，买臣负薪而衣锦，相如涤器而被绣；于是史迁、寿王（吾丘氏）之徒，严（安）、终（军）、枚皋（乘子）之属，应对固无方，篇章亦不匮，遗风余采，莫与比盛。越昭及宣，实继武绩，驰骋石渠，暇豫文会，集雕篆之逸材，发绮縠之高喻，于是王褒之伦，底禄待诏。自元暨成，降意图籍，美玉屑之谈，清金马之路，子云锐思于千首，子政雠校于六艺，亦已美矣。爰自汉室，迄至成、哀，虽世渐百龄，辞人九变，而大抵所归，祖述《楚辞》，灵均（《离骚》：'名余曰正则兮，字余曰灵均。'）余影，于是乎在。自哀、平陵替，光武中兴，深怀图谶，颇略文华。然杜笃献诔以免刑，班彪参奏以补令，虽非旁求，亦不遐弃。及明、章叠耀，崇爱儒术，肄礼璧堂，讲文虎观。孟坚珥笔于国史，贾逵给札于瑞颂，东平（宪王苍）擅其懿文，沛王（献王辅）振其通论，帝则藩仪，辉光相照矣。自和、安已下，迄至顺、桓，则有班（固）、傅（毅）、三崔（骃、瑗、寔），王（延寿）、马（融）、张（衡）、蔡（邕），磊落鸿儒，才不时乏，而文章之选，存而不论。然中兴之后，群才稍改前辙，华实所附，斟酌经纬，盖历政讲聚，故渐靡儒风者也。降及灵帝，时好辞制，造皇羲之书，开鸿都之赋；而乐松之徒，招集浅陋，故杨赐号为驩兜，蔡邕比之俳优，其余风遗文，盖蔑如也。自献帝播迁，文学蓬转，建安之末，区宇方辑。魏武以相王之尊，雅爱诗章；文帝以副君之重，妙善辞赋；陈思以公子之豪，下笔琳琅。并体貌英逸，故俊士云蒸。仲宣（王粲字）委质于汉南，孔璋（陈琳字）归命于河北，伟长从宦于青土，公干（刘桢字）徇质于海隅，德琏（应玚字）综其斐然之思，元瑜（阮瑀字）展其翩翩之乐，文蔚（路粹字）、休伯（繁钦字）之俦，于叔（邯郸淳字）、德祖（杨修字）之侣，傲雅觞豆之前，雍容衽席之上，洒笔以成酣歌，和墨以资谈笑。观其时文，雅好慷慨，良由世积乱离，风衰俗怨，并志深而笔长，故梗概而多气也。至明帝纂戎，制诗度曲，征篇章之士，置崇文之观，何（晏）、刘（劭）群才，迭相照耀。少主相仍，唯高贵（高贵乡公髦）英雅，顾盼含章，动言成论。于时正始（魏主芳年号）余风，篇体轻淡，而嵇（康）、阮（籍）、应（璩）、缪（袭），并驰文路矣。逮晋宣始基，景、文克构，并迹沈儒雅，而务深方术。至武帝维新，承平受命，而胶序篇章，弗简皇虑。降及怀、悯，缀旒而已。然晋虽不文，人才实盛，茂先（张华字）摇笔而散珠，太冲（左思字）动墨而横锦，岳（潘氏）、湛（夏侯氏）曜联璧之华，机、云（并陆氏）标二俊之采，应（贞）、傅（咸）、三张（载、协、亢）之徒，孙（绰）、挚（虞）、成公（绥）之属，并结藻清英，流韵绮靡。前史以为运涉季世，人未尽才，诚哉斯谈，可为叹息。元皇中兴，披文建学，刘（隗）、刁（协）礼吏而宠荣，景纯（郭璞字）文敏而优擢。逮明帝秉哲，雅好文会，升储御极，孳孳讲艺，练情于诰策，振采于辞赋；庾（亮）以笔才逾亲，温（峤）以文思益厚，揄扬风流，亦彼时之汉武也。及成、康促龄，穆哀短祚，简文勃兴，渊乎清峻，微言精理，函满玄席，淡思浓采，时洒文囿。至孝武不嗣，安、恭已矣；其文史则有袁（宏）、殷（文仲）之曹，孙（盛）、干（宝）之辈，虽才或浅深，珪璋足用。自中朝贵玄，江左称盛，因谈余气，流成文体。是以世极迍邅，而辞意夷泰，诗必柱下（《法轮经》：老子在周武王时为柱下史）之旨归，赋乃漆园（《史记》庄子传：'周尝为蒙漆园吏。'）之义疏。故知文变染乎世情，废兴系乎时序，原始以要终，虽百世可知也。自宋武爱文，文帝彬雅，秉文之德；孝武多才，英采云构。自明帝以下，文理替矣。尔其缙绅之林，霞蔚而飙起；王（僧达）、袁（淑）联宗以龙章，颜（延之）、谢（灵运）重叶以凤采；何（逊）、范（云）、张（邵）、沈（约）之徒，亦不可胜数也。”案所论于晋宋以前文学兴废，已得其概；惟末于齐语焉不详，岂有所讳而然欤！兹故弗录，而撮钞诸史续之。

盖《文苑传》起于《后汉书》而无序。《三国志》无《文苑传》。《晋书·文苑》《南史·文学》两传序亦略。据《北史·文苑传序》云："永明（南齐武帝年号）、天监（梁武帝年号）之际，太和（魏孝文帝年号）、天保（北齐文宣帝年号）之间，洛阳江左，文雅尤盛。江左宫商发越，贵于清绮；河朔词义贞刚，重乎气质。气质则理胜其词，清绮则文过其意。理深者便于时用，文华者宜于歌咏。此南北词人得失之大较也。梁自大同（武帝年号）之后，雅道沦缺，渐乖典则，争驰新巧，简文、湘东启其淫放，徐陵、庾信分路扬镳，其意浅而繁，其文匿而彩，词尚轻险，情多哀思，格以延陵之听，盖亦亡国之音也。隋文初统万几，每念斫雕为朴，发号施令，咸去浮华。然时俗词藻，犹多淫丽，故宪台执法，屡飞霜简。炀帝初习艺文，有非轻侧；暨乎即位，一变其体。《与越公书》《建东都诏》《冬至受朝》诗及《拟饮马长城窟》，并存雅体，归于典则，虽意在骄淫，而词无浮荡，故当时缀文之士，遂得依而取正焉，所谓能言者未必能行，盖亦君子不以人废言也。"《唐书·文艺传序》云："唐有天下三百年，文章无虑三变：高祖、太祖，大难初夷，沿江左余风，绨章绘句，揣合低昂，故王（勃）、杨（炯）为之伯。元宗好经术，群臣稍厌雕琢，索理致，崇雅黜浮，气益雄浑，则燕（张说）、许（苏颋）擅其宗。是时唐兴已百年，诸儒争自名家，大历（代宗年号）、贞元（德宗年号）间，美才辈出，擩哜道真，涵泳圣涯，于是韩愈倡之，柳宗元、李翱、皇甫湜等和之，排逐百家，法度森严，抵轹晋、魏，上轧汉、周，唐之文章，完然为一王法，此其极也。若侍从酬奉，则李峤、宋之问、沈佺期、王维；制册则常衮、杨炎、陆贽、权德舆、王仲舒、李德裕；言诗则杜甫、李白、元稹、白居易、刘禹锡；谲怪则李贺、杜牧、李商隐，皆卓然以所长为一世冠，其可尚矣。”《五代史》无文苑传。《宋史·文苑传序》云：“艺祖革命，首用文吏，而夺武臣之权，宋之尚文，端本乎此。太宗、真宗在藩邸，已有好学之名；及其即位，弥文日增，自时厥后，子孙相承，上之为人君者，无不典学；下之为人臣者，自宰相以至令录，无不擢科，海内文士，彬彬辈出焉。国初杨亿、刘筠，犹袭唐人声律之体；柳开、穆修，志欲变古而力弗逮；庐陵欧阳修出，以古文倡，临川王安石、眉山苏轼、南丰曾巩起而和之，宋文日趋于古矣。南渡文气不及东都，岂不足以观世变欤！”《辽史·文学传序》云：“辽起松漠，太祖以兵经略方内，礼文之事，固所未遑。及太宗入汴，取晋图书礼器而北，然后制度渐以修举。至景、圣（景宗贤，圣宗隆绪）间，则科目聿兴，士有由下僚擢升侍从，骎骎崇儒之美；但其风气刚劲，三面邻敌，岁时以蒐狝为务，而典章文物，视古犹阙。”《金史·文艺传序》云：“金初未有文字。世祖以来渐立条教。太祖既兴，得辽旧人用之，使介往复，其言已文。太宗继统，乃行选举之法；及伐宋取汴经籍图书，宋士多归之。熙宗款谒先圣，北面如弟子礼。世宗、章宗之世，儒风丕变，庠序日盛，士由科第位至宰辅者接踵。当时儒者虽无专门名家之学，然而朝廷典策，邻国书命，粲然可观。金用武得国，无以异于辽；而一代制作，能自树立唐宋之间，非辽世所及。”《元史》无文苑传，特附于《儒学传》中。大抵自南宋而文学已衰，其时，文惟朱子及吕成公（祖谦），诗则陈简斋（与义）、曾茶山（几）、陆放翁、杨诚斋（万里）为之最。其后，金则元遗山，元则刘静修（因）、虞文靖（集）、揭文安（傒斯）、杨仲宏（载）、范德机（椁）、吴立夫（莱）、黄文献（搢）、柳道传（贯），皆有名于时，而开明初风气。故《明史·文苑传序》云：“明初文学之士，承元季虞、柳、黄、吴之后，师友讲贯，学有本原，宋濂、王祎、方孝孺以文雄，高（启）、杨（维桢）、张（以宁）、徐（一夔）、刘基、袁凯以诗著。其他胜代遗逸，风流标映，不可指数，盖蔚然称盛。永、宣（永乐，太宗年号；宣德，宣宗年号）以还，作者递兴，皆冲融演迤，不事钩棘，而气体渐弱。弘、正（弘治，孝宗年号；正德，武宗年号）之间，李东阳出入宋元，溯流唐代，擅声馆阁；而李梦阳、何景明倡言复古，文自西京、诗自中唐而下，一切吐弃，操觚谈艺之士，翕然宗之，明之诗文，于斯一变。迨嘉靖（世宗年号）时，王慎中、唐顺之辈，文宗欧、曾，诗仿初唐；李攀龙、王世贞辈，文主秦汉，诗规盛唐。王、李之持论，大率与梦阳、景明相倡和也。归有光颇后出，以司马、欧阳自命，力排李、何、王、李；而徐渭、汤显祖、袁宏道、钟惺之属，亦各争鸣一时，于是宗李、何、王、李者稍衰。至启、祯（天启，熹宗年号；崇祯，怀宗年号）时，钱谦益、艾南英准北宋之矩矱，张溥、陈子龙撷东汉之芳华，又一变矣。”此皆前史所载之可考而知者。至于清室二百七十余年之间，人才亦不少。古文则有侯方域、魏禧、汪琬、姜宸英、方苞、刘大櫆、姚鼐、管同、梅曾亮、恽敬、张惠言、曾国藩、张裕钊、吴汝纶；骈文则有胡天游、邵齐焘、孔广森、洪亮吉；诗则有龚鼎孳、吴伟业、王士祯、施闰章、宋琬、朱彝尊、赵执信、查慎行，而大櫆及鼐之诗亦最胜，其末造有莫友芝、郑珍。此其大略也。

今综而观之，虽历代英才，应运而出，然元、明、清文学逊于宋，宋逊于唐，唐逊于周、秦、两汉，岂不能不为时代所限欤！昔朱子读《唐志》，谓：“自孟子没，天下之士，不求知道养德，以充其内，而文章遂无实。东京以后，讫于隋、唐，愈下愈衰。韩愈氏出，始追六艺而作《原道》诸篇。然读其书，出于谄谀戏预放浪者自不少。若夫所原之道，则徒能言其大体，而未见有探讨服行之效。故其论古人，直以屈原、孟轲、马迁、相如、扬雄为一等，而不及董、贾；其论当世之弊，但以‘词不己出’，遂有神徂圣伏之叹。则师生传受，未免裂道与文以为两物。自是以来，又数百年，而后有欧阳子，其病亦同。”唐荆川《与茅鹿门书》亦谓：“作文必洗涤心源，然后有真精神。即以诗论：陶彭泽未尝较声律、雕句文，但信手写出，便是宇宙间第一等好诗，何则？其本色高也。自有诗以来，其较声律、雕句文、用心最苦而立说最严者，无如沈约，苦却一生精力，使人读其诗，只见其捆缚龌龊满卷累牍，竟不曾道出一两句好话，何则？其本色卑也。本色卑，文不能工也，而况非其本色者哉！”两家所论，实洞于古今文章升降之由，非率尔操觚者所能窥见。

虽然，荆川谓休文不及渊明是矣；而朱子之讥韩、欧，则未免已甚。何以言之？昌黎游戏之文本不多，其有之，亦别寓深意，固与道术无妨。苏子瞻《答扬康功》诗云：“退之仙人也，游戏于斯文。”可谓深知文章之趣。至干乞乃少年事，观《上贾滑州书》云：“愈年二十有三。”《上崔虞部书》云：“愈今二十有六矣。”《上宰相书》云：“今有人生二十有八年矣。”即其明证。其后德成行尊，则不屑为之。故《答李习之书》云：“仆在京城八九年，无所取资，日求于人，以度时月。当时行之不觉也，今而思之，如痛定之人，思当痛之时，不知何能自处也。今年已加长矣，复驱之使就其故地，是亦难矣。”若夫《答崔立之书》以孟子与诸家并言，特即文章一端论之耳。其于道术，《原道》固云：“轲之死，不得其传焉。”《读荀子》又云：“孟氏醇乎醇者也。荀与扬，大醇而小疵。”未尝以为一等。董、贾虽《集》中未言及，而李南纪作《昌黎集序》云：“秦汉以前其气浑然。迨乎司马迁、相如、董生、扬雄、刘向之徒，尤所谓杰然者也。”柳子厚《与杨京兆凭书》又有“明如贾谊”之语，是师友讲论之际，必及二子可知。况“辞必己出”本《礼记·曲礼》“毋剿说，毋雷同”而来，尤足为文家针砭，而何讥焉？是以程子尝推韩公为豪杰之士。黄东发《日抄》云：“临川王氏为诗讥昌黎曰：‘纷纷易尽百年身，举世无人识道真。力去陈言夸末俗，可怜无补费精神。’夫世更八代，异端肆行，昌黎始出而正之，以六经之文为诸儒倡，论者谓功不在孟子下，今讥其‘无补’，不足服昌黎也。且王氏亦不过费精神以从事文墨，正欲学昌黎而未至者，奈何身自为之，而反以讥人耶！晦庵先生校昌黎文，乃取此诗附于后，殊所未晓。”曾文正公《答刘孟容书》：“朱子讥韩、欧裂道与文为二物，而欧公《送徐无党序》，亦以修之于身、施之于事、见之于言分为三等，其意深慕立德之徒，而以功与言为不足贵。朱子岂忘此说，奚病之若是哉？”

案苏子由《欧阳公神道碑》云：“自魏晋以来，历南北，文弊极矣，虽唐贞观、开元之盛，卒不能振。惟韩退之一变复古，阏其颓波。东注之海，遂复西汉之旧。其后五代相承，天下不知所以为文，及公之文出，乃复无愧于古。呜呼！千数百年，文章废而复兴，惟得二人焉，夫岂偶然哉？”方望溪《赠方文辀序》云：“文章之传，代降而卑，以为古必不可复者，惑也。百物伎巧，至后世而益精，竭心焉以求其善耳。然则道德文术之所以衰者，其故可知矣。周时人无不达于文，见于传者，隶卒厮舆，亦能雍容辞令。苏秦既遂，代、厉始脱市籍，驰说诸侯，而文辞之雄，后世之宿学不能逮也。盖三代盛时，无人而不知学，虽农工商贾，其少也固尝与于塾师里门之教矣。至秀民之能为士者，则聚之庠序学校，授以《诗》《书》六艺，使究切于三才万物之理，而渐摩于师友者，常数十年，故深者能自得其性命，而飚流余焰之发于文辞者亦充实光辉，而非后世所能及也。汉之文，终武帝之世而衰，虽有能者，气象苶然，盖周人遗学老师宿儒之所传，至是而扫地尽矣。自是以降，古文之学，每数百年而一兴，唐宋所传诸家是也。汉之东，宋之南，其学者专为训诂，故义理明而文章则不能兼胜焉。而其尤衰则在有明之世。盖唐宋之学者，虽逐于诗赋论策之末，然所取尚博，故一旦去为古文，而力犹可籍也；明之世一于五经、四子之书，其号则正矣，而人占一经，自少而壮，英华果锐之气，皆蔽于时文，而后用其余以涉于古，则其不能自树立也宜矣。由是观之，文章之盛衰，一视乎上之所以教，下之所以学，各有由然，而非以时代为升降也。夫自周之衰以至唐，学芜而道塞，近千岁矣。及昌黎韩子出，遂以掩迹秦汉，而继武于周人，其务学属文之方，具于其书者，可按验也。然则今之人苟能学韩子之学，安在不能为韩子之文哉？”窃谓两家所论较为持平。

派　别

唐、虞、三代，人居一官，世修其业，譬如宫商之相应，水火之相资，初无彼此怨怒不相通晓之事。道术之裂，其在东周以后乎？然其时虽诸子各自标异，而文章犹未尝以流派名也。文学之裂，其在东汉以后乎？魏文帝《典论》云："文人相轻，自古已然。傅毅之于班固，伯仲之间耳；而固小之，与弟超书曰：'武仲以能属文为兰台令史，下笔不能自休。'"盖门户之争，由此起矣。自后骈俪之文日盛。及唐韩昌黎出，乃复于古，而古文辞之名立。又唐多诗人，能文者较少，于是诗与文为二派。文之中，古文与骈文复为二派。考当时诸派中巨子，犹未有判若鸿沟之意，故洪景卢（迈）《容斋随笔》云："王勃等四子之文，皆精切有本原，其用骈俪作记、序、碑碣，盖一时体格如此，而后来颇议之。杜诗云：'王杨卢骆当时体，轻薄为文哂未休。尔曹身与名俱灭，不废江河万古流。'正谓此耳。'身名俱灭'以责轻薄子；'江河万古'指四子也。"韩公《滕王阁记》云："江南多游观之美，而滕王阁独为第一，及得三王所为《序》《赋》《记》等，壮其文词。"又云："中丞命为《记》，窃喜载名其上，词列三王之次，有荣耀焉。"（三王者，勃作《序》，绪作《赋》，仲舒前为从事，作《记》，今为中丞）则韩之所以推勃者，亦为不浅矣。今案白乐天诗与退之有难易之不同，而作《老戒》诗云：“我有白头戒，闻于韩侍郎。”李义山于文第长于骈体，而称韩公《平淮西碑》，乃以二《典》与《清庙》《生民》诗为比。古人不以己之所能，愧人之不能，以己之不能，忌人之能，其宅心宽厚，为何如哉！派之别由末流而生，实根于党同伐异之见。夫人之精力有限，势不能兼众美。故杜子美之文掩于诗，曾子固之诗掩于文。昔宋邵博《闻见后录》云：“李习之与韩退之、孟东野善。习之于文，退之所敬也；退之与东野唱酬倾一时，习之独无诗，退之不议也。尹师鲁（洙）与欧阳永叔，梅圣俞善。师鲁于文，永叔所敬也；永叔与圣俞唱酬倾一时，师鲁独无诗，永叔不议也。”叶少蕴《石林诗话》云：“李翱、皇甫湜，皆退之高弟，而不传其诗。不应散亡无存者，计或非所长故不作耳。以非所长而不作，贤于世之不能而强力之者也。”顾亭林《日知录》云：“古人之会君臣朋友，不必人人作诗。人各有能有不能，不作诗何害？”惜抱先生与先大父石甫府君（讳莹）书云：“大抵古文深入难于诗，故古今作者少于诗人。然亦有能文不能诗者，此亦自由天分耳。”诸家所言，盖有见于此。然不兼为之可也；或主之，或奴之，则不可也。

吾尝论有韵之文与无韵之文之发生，必有韵之文居乎先。观尧之戒、舜之歌可见。若《典》《谟》不尽用韵，乃出夏之史臣，盖在其后。《日知录》云：“古人之文，化工也，自然而合于音，则虽无韵之文，而往往有韵。苟不其然，则虽有韵之文，而时亦不用韵，终不以韵害意也。《三百篇》之诗，有韵之文也，乃一章之中，有二三句不用韵者，如‘瞻彼洛矣，维水泱泱’之类是矣；一篇之中有全章不用韵者，如《思齐》之四章、五章、《召旻》之四章是矣；又有全篇无韵者，《周颂》《清庙》、《维天之命》、《昊天有成命》、《时迈》、《武》诸篇是矣。说者以为当有余声。然以余声相协，而不入正文，此则所谓

'不以韵而害意'者也。孔子赞《易》十篇，其《彖》《象》传、《杂卦》五篇用韵，然其中无韵者，亦十之一；《文言》《系辞》《说卦》《序卦》五篇不用韵，然亦间有一二，如'鼓之以雷霆，润之以风雨；日月运行，一寒一暑；乾道成男，坤道成女'，'君子知微知彰，知柔知刚，万夫之望'，此所谓'化工之文，自然而合'者，固未尝有心于用韵也。《尚书》之体本不用韵，而《大禹谟》'帝德广运，乃圣乃神，乃武乃文'以下，《伊训》'圣谟洋洋，嘉言孔彰'以下，《太誓》'我武惟扬，侵于之疆'之下，《洪范》'无偏无陂，遵王之义'以下，诸语皆用韵。又如《曲礼》'行前朱鸟而后元武，左青龙而右白虎'以下，《礼运》'元酒在室，醴醆在户，粢醍在堂，澄酒在下'以下，《乐记》'夫古者天地顺而四时当，民有德而五谷昌'以下，《中庸》'故君子不可以不修身，思修身不可以不事亲'以下，《孟子》'师行而粮食，饥者弗食，劳者弗息'以下，诸语亦然。此类秦汉诸子书并有之。太史公作赞亦时一用韵，而汉人乐府诗反有不用韵者。"据此则文之有韵无韵，皆顺乎自然，诗固有韵，而文亦未必不用韵。东汉以降，乃以无韵属之文，有韵属之诗，判而二之，文章日衰，未始不因乎此。而况诗之造句隶事虽与文异，然如李、杜之五七言古诗，与杜公之五言长律，其中章法笔法，何尝不与文相通？至韩、欧、苏、王诸家本长于古文，其诗即以古文法为之经纬。必谓诗与文两道，何啻痴人说梦哉！

若夫偏于用奇之文与偏于用偶之文之发生，则用奇者必居乎先，观伏羲画卦先《乾》后《坤》可见。但有奇即当有偶，此亦顺乎自然而不可以已者。昔李申耆（兆洛）《骈体文钞序论》云："天地之道，阴阳而已，奇偶也，方圆也，皆是也。阴阳相并俱生，故奇偶不能相离，方圆必相为用，道奇而物偶，气奇而形偶，神奇而识偶。孔子曰：‘道有变动故曰爻，爻有等故曰物，物相杂故曰文。’又曰：‘分阴分阳，迭用柔刚。’故《易》六位而成章，相杂而迭用。文章之用，其尽于此乎！六经之文，班班具在。自秦迄隋，其体递变，而文无异名。自唐以来，始有古文之目，而目六朝之文为骈俪，而为其学者，亦自以为与古文殊路。既歧奇与偶为二，而于偶之中，又歧六朝与唐与宋为三。夫苟第较其字句、猎其影响而已，则岂徒二焉三焉而已，以为万有不同可也。夫气有厚薄，天为之也；学有纯驳，人为之也；体格有迁变，人与天参焉者也；义理无殊途，天与人合焉者也。得其厚薄纯杂之故，则于其体格之变，可以知世焉，于其义理之无殊，可以知文焉。文之体至六代而其变尽矣，沿其流极，而溯之以至乎其源，则其所出者一也。吾甚惜夫歧奇偶而二之者之毗于阴阳也。毗阳则躁剽，毗阴则沉膇，理所必至也，于相杂迭用之旨，均无当也。”曾涤生《周荇农序》云：“天地之数，以奇而生，以偶而成。一则生两，两则还归于一，一奇一偶，互为其用，是以无息焉。物无独必有对。太极生两仪，倍之为四象，重之为八卦，此一生两之说也。两之所该，分而为三，殺而为万，万则几于息矣，物不可以终息，故还归于一。天地氤氲，万物化醇，男女构精，万物化生，此两而致于一之说也。一者阳之变，两者阴之化，故曰一奇一偶者，天地之用也。文字之道何独不然？六籍尚已。自汉以来，为文者莫善于司马迁。迁之文其积句也奇，而义必相傅，气不孤伸，彼有偶焉者存焉。其他善者，班固则毗于用偶，韩愈则毗于用奇。蔡邕、范蔚宗以下，如潘、陆、沈、任等比者，皆师班氏者也；茅坤所称八家，皆师韩氏者也。转相祖述，源远而流益分，判然若黑白之不类，于是刺议互兴，尊丹者非素。而六朝隋唐以来，骈偶之文，亦已久王而将厌，宋代诸子乃承其敝，而倡为韩氏之文，而苏轼遂称曰‘文起八代之衰’。非直其才之足以相胜，物穷则变，理固然也。豪杰之士，所见类不甚远。韩氏有言：‘孔子必用墨子，墨子必用孔子，不相用不足为孔、墨。’由是言之，彼其于班氏相师而不相非，明矣。耳食者不察，遂附此而抹杀一切。又其言多根六经，颇为知道者所取，故古文独尊，而骈偶之文乃屏而不得于其列。夫适王都者，或道晋，或道齐，要于达而已。司马迁文家之王都也。为骈偶之文者，进而不已，则且达于班氏而不为韩氏所非，则王都矣。”据此，则用奇与用偶，其流异，其源同，彼此訾謷，亦属寡味。

至于近世张文襄公《书目答问》，于古文中又析之曰“‘桐城派’古文家”、“‘阳湖派’古文家”、“不立宗派古文家”，尤不足据。韩退之《答刘正夫书》云：“文无难易，惟其是尔。”惜抱先生《古文辞类纂序》云：“夫文无所谓古今也，惟其当而已。”苟知其是与当，尚何派别之可言？考“桐城派”之名所由生，曾文正《欧阳生文集序》尝言之云：“乾隆之末，桐城姚姬传先生鼐，善为古文辞，慕效其乡先辈方望溪侍郎之所为，而受法于刘君大櫆及其世父编修君范。三子既通儒硕望，姚先生治其术益精，历城周永年书昌为之语曰：‘天下之文章，其在桐城乎？’，由是学者多归向‘桐城’，号‘桐城派’，犹前世所称‘江西诗派’者也。”夫“江西诗派”，由唐末温飞卿（庭筠）、李义山，以缛丽之体，为后进倡。迨宋杨大年（亿）、刘子仪（筠）辈沿其余波，作《西昆酬唱集》，诗家遂有“西昆体”，致伶官有“挦扯”之讥。元祐诸人矫之，盖起于欧阳公，而盛于黄山谷。山谷弟子最著者为陈后山（师道）。及吕居仁（本中）作《江西诗派图》列后山以下二十五人，以已殿于末（二十五人，据王厚斋《小学绀珠》所定，乃陈师道、饶节、汪革、江经本、潘大观、潘大临、祖可、李錞、杨符、王直方、谢逸、徐俯、韩驹、谢迈、善权、洪朋、林敏修、李彭、夏倪、高荷、洪刍、洪炎、晁冲之、林敏功、吕本中），名由是起。虽末流学之者或至生硬，然山谷要不得不谓之大家，且其传颇久，南宋陈简斋、曾吉甫、杨诚斋皆其后劲，而茶山授陆剑南，遂为南渡后大宗。桐城之文，末流亦失之单弱；然自方氏以来，气体清洁，与庞杂者自不同，故《四库全书总目》于《望溪集》称之云："源流极正。"大抵方、姚诸家论文诸语，无非本之前贤，固未尝标帜以自异也，与居仁之作《图》殊不类。当是时阳湖亦多为古文者。据陆祁孙（继辂）《七家文钞序》云："我朝自望溪方氏，别裁诸伪体，一传为刘海峰，再传为姚惜抱。桐城一大县耳，而有三君子接踵辉映其间，可谓盛矣。吾常谓自荆川没，此道中绝。乾隆间钱伯坰鲁斯亲受业于海峰之门，时时诵其师说于其友恽子居（敬）张皋文（惠言），二子者始尽弃其考据骈俪之学，专志以治古文。"而皋文《送鲁斯序》亦云："余学为古辞赋，乾隆戊申示鲁斯，鲁斯大喜，顾而谓余：'吾尝受古文法于桐城刘海峰先生，顾未暇以为，子倘为之乎？'余愧谢未能。已而余游京师，思鲁斯言，乃尽屏置曩时所习诗赋不为，而为古文，三年乃稍稍得之。"又文稿《自序》云："余友王悔生（灼）见余《黄山赋》而善之，劝余为古文，语余以所受于其师刘海峰者，为之一二年，稍稍得规矩。"然则"阳湖"之古文，其源实出"桐城"，诸先辈亦未尝有角立门户之见也。故惜抱先生《与陈硕士书》亦称子居为作手。两派合而不分，即此可见。善乎长沙王益吾（先谦）《续古文辞类纂序》云："立言之道，义各有当而已。愚柔者仰企而不及，贤智者则务为浩侈，不肯自抑其才。姚氏见之真，守之严，其撰述有以入乎人人之心，如规矩准绳不可逾越，乃古今天下之公言，非姚氏私言也。"宗派之说，起于乡曲竞名者之私，播于流俗之口，而浅学者据以自便，有所作弗协于轨，乃谓吾文派别焉耳。近人论文，或以"桐城""阳湖"离为二派，疑误后来，吾为此惧。更有所谓“不立宗派之古文家”，殆不然欤！

【校记】

吕本中作《江西诗社宗派图》，于黄庭坚以下“列陈师道、潘大临、谢逸、洪刍，饶节、僧祖可、徐俯、洪朋、林敏修、洪炎、汪革、李錞、韩驹、李彭、晁冲之、江端本、杨符、谢薖、夏倪、林敏功、潘大观、何觊、王直方、僧善权、高荷，合二十五人，以为法嗣”。《苕溪渔隐丛话》所列江西诗派图，人名与次第，与《小学绀珠》所列，略有不同。

著　述

著述门之文，就姚、曾二家所定合观之，有四类：其无韵者曰论辩；而有韵者曰词赋，曰箴铭；至自述著作之意，或述他人所作者，曰序跋。大抵论辩、箴铭，毗于说理与事者为多；词赋则毗于述情者为多；序跋兼而有之。试评于后。

论辩类莫古于《论语》《孟子》。程子《语录》云："孔子之言如玉然，自是温润含蓄气象；孟子如冰与水精，有许多光耀。"此论诚然。但《论语》中长篇，如论正名，论兵食民信，论伐颛臾，词气刚劲，已开《孟子》先声。且《孟子》光明俊伟中，自有简严易直者存，韩退之《进学解》称其"吐辞为经"，柳子厚《报袁君陈秀才避师名书》，亦与《论语》并云"皆经言"，正以此。先姜坞府君《援鹑堂笔记》云："庄周之文，如飞天仙人，绝世聪明语，不容第二人道得。《列子》较之便平。"又云："《列子·周穆王》篇前路绝世之文，《列》之逸，于此篇可见。"又云："《扬子》须得其章法简古、句字生新处；《荀子》当得其一段洋洋洒洒、畅所欲言之致。"吴挚甫先生尝据《史记·韩非列传》之录《说难》一篇，谓"韩公子文当以此篇为第一"。愚观此传又载秦王见《孤愤》《五蠹》之书，曰："嗟乎，寡人得见此人与之游，死不恨矣。"《太史公自序》亦云："韩非囚秦，《说难》《孤愤》。"然则此数篇皆司马氏所心折可知。唐宋八家惟退之约六经之旨以为文，而神似《孟子》，然方望溪评《原毁》云："管、荀、韩非之文，排比而益古，惟退之可与抗行。自宋以后，有对语则酷似时文，以所师法者自汉唐而止也。"惜抱先生评《争臣论》云："其风格出于《左》《国》，是诸子之长，实兼而有之。子厚廉悍似韩非，欧、曾晓畅似荀子，三苏得力《战国策》为多。"惜翁《古文辞类纂序目》谓"子瞻间亦取之《庄子》"。又评诸策云："笔势多学《庄子》外篇。"而曾文公《日记》则谓"苏公虽学《庄子》，实则恢诡处不逮远甚。"《援鹑堂笔记》亦云："凡文字轻利快便，多不入古，才说仙才，便有此病。李太白诗，苏东坡文，皆有此患。庄周亦间有之。"方植之《昭昧詹言》云：宋人流易，不及汉唐人厚重；东坡尤甚，"如所云'笔所未到气已吞''高屋建瓴''悬河泄海'，皆其所擅场；但嫌太尽，一往无余，故当济以顿挫之法。顿挫之说，如所云'有往必收，无垂不缩''将军欲以巧胜人，盘马弯弓惜不发'，此惟杜诗、韩文最绝，太史公书亦如此，六经、周、秦诸子亦如此。"盖文章欲求深入，最忌剽滑。虽以退之之深古，而《讳辨》一篇，稍近驰骋，曾文正已谓其太快利，非韩公上乘文字，而况三苏之文，明爽俊快。老泉尤踔厉风发，其笔力坚劲，虽能倾倒一时，然专以此种为法，去古人浑穆高古之境，岂不辽绝哉！是以东坡晚年亦知之，《与张嘉父书》云："凡人为文，至老多有所悔，仆尝悔其少作矣。"又《与王庠书》云："仆少时好议论古人，既老涉世更变，往往悔其言之过。"而作《子由新修汝州龙兴寺吴画壁诗》亦云："始知真放本精微，不比狂花生容慧。"然则在南海所为《志林》十三首，虽笔势卓荦，而意之谨慎，词之严重，与平生不同，宜矣。茅鹿门云："公于时经历世途已久，故上下古今处，所见尤别。"方望溪评《鲁隐公》篇云："事核而理当，直达所见，不用反复以为波澜，于子瞻诸论中，更觉峣然而出其类。”又评《始皇扶苏》篇云：“钩深索隐，实人情物理之自然，是以可贵。”惜翁亦评《鲁隐公》篇云：“此与论周东迁，皆杂引古事，错综成篇。而此篇尤为奇肆飘忽，其神气益近《孟子》。是不可以貌论也。”读苏氏论者，宜分别观之。虽然，曾氏《经史百家杂钞》于苏论抉择颇慎，而策则未录；惜翁录之乃极多者，盖为初学计耳。昔东坡《与侄帖》云：“凡文字，少小时须令气象峥嵘，采色绚烂；渐老渐熟，乃造平澹。其实不是平澹，乃绚烂之极也。汝只见我而今平澹，何不取旧日应举时文字看，高下抑扬，如龙蛇捉不住，且当学此。”据此则初入门者，于此等文固不得不加一番揣摩也。

词赋类以屈原为鼻祖。盖周衰《诗》熄，屈氏因崛起于楚。自淮南子称之云：“《国风》好色而不淫，《小雅》怨诽而不乱，若《离骚》者可谓兼之。”太史公取此语入屈氏传，由是藻丽之士咸师之，厥制益繁。近世张皋文《七十家赋钞序》云：“谲而不觚，尽而不觳，肆而不衍，比物而不丑，其志洁，其物芳，其道杳冥而有常，此屈平之为也。与《风》《雅》为节，涣乎若翔风之运轻赮，洒乎若元泉之出乎蓬莱而往渤澥。及其徒宋玉、景差为之，其质也华然，其文也纵而后反。虽然，其与物椎拍宛转，泠汰其义，毂锞于物，芴芴乎古之徒也，刚志决理，輐断以为纪，内而不污，表而不著，则荀卿之为也。其原出于《礼》经，朴而饰，不断而节。及孔臧、司马迁为之，章约句制，奡不可理，其辞深而旨文，确乎其不颇者也。其趣不两，其于物无犨；若枝叶之附其根本，则贾谊之为也。其原出于屈平，断以正谊，不由其曼，其气则引费而不可执。循有枢，执有庐，颉滑而不可居，开决宧突，而与万物都，其终也芴莫，而神明为之橐，则司马相如之为也。其原出于宋玉。扬雄恢之，胁入窍出，缘督以及节，其超轶绝尘而莫之控也，其波骇石咢，而没乎其无垠也。张衡盱盱，块若有余，上与造物为友，而下不遗埃壒。虽然，其神也充，其精也苶。及王延寿、张融为之，杰格桔杀，钩孑菽牾，而俶俺可睹，其于宗也无蜕也。平敞通洞，博厚而中，大而无瓠，孙而无弧，指事类情，必偶其徒，则班固之为也。其原出于相如，而要之使夷，昌之使明。及左思为之，博而不沉，赡而不华，连犿焉而不可止。言无端厓，傲倪以为质，以天下为郛廓，入其中者，眩震而谬悠之，则阮籍之为也。其原出于庄周。虽然，其辞也悲，其韵也迫，忧患之词也。涂泽律切，苓蔽纷悦，则曹植之为也。其端自宋玉，而柟其角，摧其牙，离其本，而抑其末。浮华之学者相与尸之，率以变古，曹植则可谓才士矣。搰搰乎改绳墨，易规矩，则佞之徒也。不搰于同，不独于异，其来也首首，其往也曳曳，动静与适，而不为固植，则陆机、潘岳之为也。其原出于张衡、曹植，矫矫乎振时之俊也。以情为里，以物为襮，镵雕风云，琢削支鄂，其怀永而不可忘也；坌乎其气，煊乎其华，则谢庄、鲍照之为也。江淹为最贤；其原出于屈平《九歌》。其掩抑沉怨，泠泠轻轻，其纵脱浮宕，而归太常，鲍照、江淹，其体则非也，其意则是也。逐物而不反，骀荡而驳舛，俗者之囿而古是抗。其言滑滑，而不背乎涂奥，则庾信之为也。其规步矱骤，则扬雄、班固之所引衔而控辔，惜乎拘于时而不能骋，然而其志达，其思哀，其体之变则穷矣。”此条于六朝前为兹体者之得失，言之详备。但其体之变既穷，势不能不归于清真古朴，是以刘彦和《文心雕龙·辨骚》篇，以屈宋为“惊采绝艳”，而叹“《九怀》以下，莫之能追”。洪景卢《容斋随笔》云：“枚乘作《七发》，创意造端，丽旨腴词，上薄《骚》些，盖文章领袖，故为可喜。其后继之者，如傅毅《七激》，张衡《七辨》，崔骃《七依》，马融《七广》，曹植《七启》，王粲《七释》，张协《七命》之类，规仿太切，了无新意。傅玄又集之以为《七林》，使人读未终篇，往往弃诸几格。柳子厚《晋问》，乃用其体，而超然别立新机杼，汉晋文士之弊，于是一洗矣。东方朔《答客难》，自是文中杰出。扬雄拟之为《解嘲》，尚有驰骋自得之妙。至于崔骃《达旨》，班固《宾戏》，张衡《应间》，皆屋下架屋，与《七林》同。及韩退之《进学解》出，于是一洗矣。”由是说推之，韩、柳外如欧阳子《秋声赋》，虽曰小品，而情致未尝不缠绵。至东坡《赤壁》两赋，清旷夷犹，方望溪评之云：“所见无绝殊者，而文境邈不可攀。良由身闲地旷，胸无杂物，触处流露，斟酌饱满，不知其所以然而然。岂惟他人不能摹仿，即使子瞻更为之，亦不能如此调适而鬯遂也。”学者参观，庶于兹体正变，可以综括靡遗乎！

箴铭类据曾文正《家训》云：“凡箴以《虞箴》为最古，乃官箴也。如韩公《五箴》，程子《四箴》，朱子各箴，范浚《心箴》之属，皆失本义。”愚谓《诗·庭燎序》“美宣王也，因以箴之”，《国语·周语》载邵穆公言，亦有“师箴瞍赋”之语，是不特官箴，而下亦得箴其上也。至《宾之初筵》《抑戒》二诗，虽曰“刺时”，亦兼“自警”，则箴之义广矣。韩公以下诸箴未必不合。

序跋类莫古于《易》之《十翼》，其辞至为古茂。自《彖》《象》两传外，大率孔门诸弟子所为，观《系辞》称“子曰”凡二十有四、《文言》称“子曰”凡六，可见。他若《诗·关雎序》、郑康成《诗谱序》，气味渊雅，亦足嗣之。后世此类分数种。有曰“读”者，以韩、柳为最。故曾文正评韩公读《仪礼》《荀子》《墨子》《鹖冠子》四首云：“矜慎之至，一字不苟。”方望溪评《读荀子》云：“止如槁木。自周以后，惟太史公、韩退之有此，以所读皆周人之书也。”又《书柳文后》云：“柳子厚文，惟读鲁论辩诸子、记柳州近治山水诸篇，纵心独往，一无所依藉，乃信可肩随退之，而峣然于北宋诸家之上。退之称子厚文必传无疑，以其久斥后为断，正谓诸篇。”又评《鲁论辨》云：“此二篇意绪风规，退之所未尝有。乃苦心深造，忽然而至此境。”又云：“标然若秋云之远，使人可望而不可即。如出自宋以后人，即所见到此，文境亦不能如此清深旷邈。”有为史序者，自太史公诸年表外，惟欧阳公《唐书》《五代史记》诸序为最。故茅鹿门评《五代史·职方考序》云：“数十年之间，易世者五，其所当州郡分割画次如掌。”方望溪评《唐书·艺文志序》云：“求其承接变换浑然无迹处，始知其笔妙而法精。”有为校书所上之序者，自刘子政《战国策序》外，莫如曾子固。故望溪云：“南丰之文长于道古，故序古书尤佳，而《战国策》《列女传》《新序》诸目录序为之最，纯古洁净，所以与欧、王并驱，而争先于苏氏也。”有上其自撰之书而为之序者，莫如王介甫《三经义序》。故望溪称其文“清深高雅”。又云：“指意虽未能尽于义理，而词气芳洁，风味邈然，于欧、曾、苏氏诸家外，别开户牖。”有为他人文集作序者，莫如欧阳公，而《二释序》尤胜。故望溪云：“古之能文事者，必绝依傍。韩子《赠浮屠文畅序》，以儒者之道开之；《赠高闲上人序》，以草书起之，而亦微寓箴石之意。若更袭之，览者惟恐卧矣。故欧公别出义意，而以交情离合缨络其间，所谓各据胜地也。”若夫退之《张中丞传后序》，夹叙夹议，望溪谓其“生气奋动处，不学《史记》而自与之相近”。然于诸序中，盖又为一格云。

大抵诸类之体虽殊，然必命意、布局、行气、遣词则一。是故忌平铺直叙，须有反正，有开合，有宾主，凡题之正面，不宜絮衍，盖所谓反与开与宾，无非托出正面也。又有恐意不明而用譬喻者，《战国策》及《孟》《庄》《韩非》诸子最工，其短者一两句，不嫌于短；而长者数行或十数行，亦不觉烦。此莫贵于新颖亲切。惟新颖乃有趣；惟亲切乃能使读者当下豁然。故《论语》曰：“能近取譬。”（《泰伯》）

《礼记》曰:“罕譬而喻。”(《学记》)若但用习见语为之,岂复有味?洪景卢《容斋三笔》云:“韩、苏两公为文章,用譬喻处,重叠有至七八者,韩公《送石洪序》云:‘论人高下、事后当成败,若河决下流东注;若驷马驾轻车就熟路,而王良、造父为之先后也;若烛照数计而龟卜也。’《盛山诗序》云:‘儒者之于患难,其拒而不受于怀也,若筑河堤以障屋;其容而消之也,若水之于海,冰之于夏日;其玩而忘之以文辞也,若奏金石以破蟀蟋之鸣、虫飞之声’。苏公《百步洪》诗云:‘长洪斗落生跳波。轻舟南下如投梭。水师绝叫凫雁起,乱石一线争磋磨。有如兔走鹰隼落,骏马下注千丈坡。断弦离柱箭脱手,飞电过隙珠翻荷’之类是也。”愚谓韩公《原道》引夏葛、冬裘、渴饮、饥食以诘老氏,茅鹿门谓“正譬杂遝,各无数语,笔力天纵”。他若《争臣论》云:“圣贤者,寸人之耳目也;时人者,圣贤之身也。”《守戒》既引猛兽、穿窬为强藩之喻,末又云:“贲育之不戒,童子之不抗,鲁鸡之不期,蜀鸡之不支。”下复接之以鹿之于豹一喻。《进学解》以匠氏、医师陪山宰相之用才。《送穷文》云:“携持琬琰,易一羊皮,饫于肥甘,慕彼糠糜。”语皆奇警。苏氏父子造句不及韩公之古,而构想亦妙,或更引古语古事为证。盖经营惨淡,各具匠心,非熟读深思,乌能穷其变化哉!

告　语

告语门之文，就姚、曾二家所定合观之，有五类：其上告下者曰诏令，下告上者曰奏议，同辈相告者曰书牍，曰赠序，人告于鬼神者曰哀祭。前四类毗于说理说事者为多，而述情亦存乎其中；后一类毗于述情者为多，而理与事亦存乎其中。试评于后。

诏令类莫古于《尚书》誓、命、诰三体。今观《甘誓》《汤誓》《文侯之命》等篇，何其简而明也！《吕刑》之哀矜恻怛，《盘庚》《大诰》《多士》《多方》之委曲详尽，亦极其胜。《费誓》可以见周公家学。《秦誓》意沉痛而语亦骏迈。后世帝王，惟汉初诏为之冠。故惜抱先生云："秦最无道而辞则伟。汉至文、景，意与辞俱善矣，后世无及焉。光武以降，人主虽有善意，何其衰薄也！"然愚观《光武赐窦融书》，犹可与文帝《赐南越王书》比美；章帝《诏三公》，亦不减文帝《除肉刑》、宣帝《令二千石察官属》诸诏。特晋以后尤逊耳，就中惟陆敬舆《拟奉天改元大赦制》与欧、曾所拟诸制，能存典则而协机宜。若夫檄文，未有善于司马长卿《谕巴蜀檄》、韩退之《祭鳄鱼文》者，盖一则雄深，一则矫健也。至陈孔璋为袁檄曹、为曹檄孙，文非不妙，而丑诋之辞，或至失实；以钟士季（会）《伐蜀檄》较之，似彼尚持平。若家教，则马伏波（援）、郑康成、诸葛武侯（亮）为最优矣。

奏议类莫古于《尚书·皋陶谟》。此篇自当从《今文尚书》与《益稷》合为一篇。盖皋陶言“思日赞赞”与禹言“思日孜孜”正相衔接，禹所陈即申皋陶之旨。末载赓歌，君臣交儆，千载下如闻其声。厥后召公作《召诰》，周公作《无逸》《立政》，词意亦同。三代下，惟路长君（温舒）《尚德缓刑》、匡稚圭（衡）《戒妃匹劝经学威仪之则》两疏、诸葛公《出师表》，足以嗣之。但此等非酝酿深纯不能为，故学者所当法者惟三家，曾文正公言之矣。其评贾长沙《陈政事疏》云：“奏疏以汉人为极轨，而气势最盛、事理最显者，尤莫善于《治安策》，故千古推为绝唱。贾生为此疏，当在文帝七年，年仅三十岁耳，于三代及秦治术，无不贯澈，汉家中外政事，无不通晓，盖有天授。奏疏以明白显豁、人人易晓为要。后世读此文者，疑其称名甚古，其用字甚雅，若仓促不能解者。不知在汉时乃人人共称之名，人人惯用之字，即人人所能解也。然则居今日而讲求奏章，亦用今日通称之名、通用之字，可矣。”其评《陆宣公集》云：“骈体文为大雅所羞称，以其不能发挥精义，并恐以芜累伤气也。陆公文则无一句不对，无一字不谐平仄，无一联不调马蹄。而义理之精，足以比隆濂、洛；气势之盛，亦堪方驾韩、苏。退之本为宣公所取士；子瞻奏议，终身效法陆公。而公之剖晰事理精当，则非韩、苏所能及。”其评苏子瞻《代张方平谏用兵书》云：“东坡之文，其长处在征引史事，切实精当；又善设譬喻，凡难显之情，他人所不能达者，坡公辄以譬喻明之。此文以屠杀膳羞，喻轻视民命；以箠楚奴婢，喻上忤天心，皆巧于构想，他人所百思不到者，既读之而适为人人意中所有。古今奏议，推贾长沙、陆宣公、苏文忠三人为超前绝后。余谓长沙明于利害，宣公明于义理，文忠明于人情。陈言之道，纵不能兼明此三者，亦须有一二端明达，庶无格格不吐之态。”又评《上皇帝书》云：“奏疏总以明显为要。时文家有典、显、浅三字诀；奏疏能备此三字，则尽善矣。典字最难，必熟于前史之事迹，并本朝掌故，乃可言典。至显、浅二字。则多本于天授，虽有博学多闻之士，而下笔不能显豁者，多矣。浅字与雅字相背。白香山诗务令老妪皆解，而细求之，皆雅饬而不失之率。吾尝谓奏疏能如白诗之浅，则君上易感动。此文虽不甚浅，而典、显二字则千古所罕见也。”又黄东发《日抄》于长沙云：“贾生论汉事，如分王诸侯等，后卒如其说，真洞识天下之大势者也。”于东坡云：“苏氏之文，尤长于指陈世事；述叙民生疾苦，发越恳到，能使岩廊崇高之地，如亲见闾阎哀痛之情。”所见亦同。

书说类自《尚书·君奭》外，莫古于《左传》《郑子家与赵宣子书》《子产告范宣子书》《叔向贻子产书》。其后乐毅《报燕惠王书》、太史公《报任安书》、刘子骏（歆）《移让太常博士书》，皆大文也。而孔文举《论盛孝章》、魏文帝《与吴质》、曹子建《与杨德祖》、邱希范（迟）《与陈伯之》诸篇，气韵亦美。曩阅曾文正《日记》有云：“古文中唯书牍一门，竟鲜佳者。八家中韩公差胜，然亦非书简正宗。唯诸葛武侯、王右军（羲之）书翰，风神高远，最惬吾意，然患太少，且乏大篇。”颇不喻其旨。后取其所评韩公诸篇绎之，盖于《与孟尚书书》云：“此为韩公第一等文字。”于《与鄂州柳中丞书》云：“文气绝劲。”于第二书云：“论事之文，不逊贾、晁。”于《答崔立之书》云：“前半述已隐忍就试之由，中间鸣其悲愤，后幅写其怀抱，视世绝卑，自负绝大，极用意之作。”于《与崔群书》云：“‘自古贤者少不肖者多’节，悲感交集。‘人固有薄卿相之官’节，愤极出奇想，沉痛至矣。‘仆无以自全活’节，绝沉痛。”于《答吕毉山人书》云：“绝兀傲自负。”于《答李秀才书》云：“义深而文淡永。”于《与孟东野书》云：“真气足以动千岁以下人。韩公书札不甚矜意者，其文尤至。”于

《答尉迟生》云："傲兀自喜。"《与李翱书》云："'今而思之，如痛定之人思当痛之时'数句，能达难白之情。"于《与冯宿论文书》云："自负语绝沉著。"此皆其所推服者也。于《上襄阳于相公书》云："谀辞累犊，固不能工。"于《上宰相书》云："连用三'抑又闻'，义层出不穷。然究是少年才思横溢欠裁炼处，故文气不遒也。"于后二书云："皆可不作。"于《重答李翊书》云："韩公文如主人坐于堂上，而与堂下奴子言是非。然不善学之，恐长客气"。于《与少室李拾遗书》云："敦谕隐士之文，以六朝骈文为雅；若散文则三四行已足，如两汉中诸小简可也。"此则其所不甚满意者。由此推之，欧、曾、苏、王四家，可诵者多不过三四篇，少止一二篇，而苏氏或过驰骋而少余味，曾说未可谓诬。

赠序类之在古人者言多简，故仅存记事文中。及退之为之乃多，或深微屈曲，如《送董邵南》之属；或生动飞扬，如《送杨少尹》之属；或奇奥，如《送郑尚书》之属；或滑稽，如送温、石二处士之属。先姜坞公《援鹑堂笔记》云："宋人作序，前多有冒头，序其原由。惟昌黎不然，辟头涌来，是其雄才独出处。"又云："昌黎于作序原由，每能简洁，而文法硬札高古。欧、曾以下无之。"而曾文正评《送温处士赴河阳军序》首"伯乐一过冀北之野而马群遂空"句，乃云："此种起法，创自韩公。然不善为之，譬若唐人为官韵赋，往往起四句峭健壁立，施之于文家，则于立言之体大乖。汉文无起笔峭立者，按之固自有序也。"按曾氏之旨。盖恐人学之而成空套，与彼评《朝散大夫赠司勋员外郎孔君墓志铭》首"昭义节度使卢从史有贤佐曰孔君"句云："此等起法，惟韩公笔力警耸矫变，无所不可；若他手为之，恐偾张而长客气。"同一用意。

哀祭类自《诗》之《颂》、《楚辞》之《九歌》《招魂》外，莫如韩公。故《祭河南张员外》文，茅鹿门谓“奇崛战斗鬼神处，令人神眩。”先姜坞府君亦云：“凄丽处独以健倔出之，层见叠耸，而笔力坚净。”《祭柳子厚文》曾文正云：“峻洁直上，语经百炼，此种宋惟介甫与之近，欧、曾、苏皆不能为，其用四言少，用长短句多以此。”

大抵告语之文，体裁自与论著异；而所同者，则开合、呼应、操纵、顿挫之法也。试观短者如司马长卿《谏猎书》，《援鹑堂笔记》云：“此篇真圣于文者！下面方似有说话，忽然止却，插入他说，忽然而接，变怪百出，而神气浑涵不露，虽以昌黎《师说》较之，且多圭角矣。”长者如司马子长《报任安书》，方望溪评之云：“如山之出云，如水之赴壑，千态万状，变化于自然，由其气之盛也。”李申耆亦云：“厚集其阵，郁怒奋势，成此奇观。”而譬喻之妙，曾氏于苏公奏议详评之。引证处吾最爱苏代《约燕昭王书》，通篇皆引秦往事，笔力奇肆，只末句说明事秦之为大患，以为结穴。刘子政《论甘延寿》等疏，亦历引古事汉事，而于末比较之曰：“故言威武勤劳，则大于方叔、吉甫；列功覆过，则优于齐桓、贰师；近事之功，则高于安远、长罗。而大功未著，小恶数布，臣窃痛之。”洪景卢《容斋随笔》云：“当时匡衡、石显出力沮害，非此一疏援据明白，岂能与之亢哉！”若夫哀祭间有用词赋体者，贾谊《吊屈原》，汉武帝《悼李夫人》，是其例也。

记　载

文章必有义法，而记载门尤重。无论所录者，或关一代，或系一人，而事必有首尾，人必有精神。倘不知所剪裁，何由首尾昭融、精神发越乎？兹就姚、曾二家合观之，凡六类：一曰典志，二曰叙记，三曰杂记，四曰纪传，五曰碑志，六曰赞颂。试评于后。

典志类莫古于《尚书》之《禹贡》。其发端“禹敷土”三句，总冒全篇，继分叙九州，继合论大山大水，末及五服与境之四至。以盖世奇功，不过寥寥数字，何其约也！其中于地理、水道、物产、贡赋、封建，略无缺漏，而复及于土色之黄、白、黑、赤、青、黎，质之壤、坟、垆、埴、泥、涂，草木之繇、条、夭、乔、渐、包，与“桑土既蚕，涤簜既敷，阳鸟攸居”，盖趣之逸如此。自“导河积石”以下至“九州攸同”，才二百余字，而用“南至”“东至”“北至”等凡数十，连属重垒，读之不觉其烦，又何其奇也！《周礼》五官，《仪礼》十七篇，文、武、周公致太平之迹具于是，其文之精密，亦无以加。太史公八《书》，以感时愤俗之怀，运于纵横变化之中，气之雄奇，非班固十《志》所能及；而固之详赡过之。是后惟欧阳子《唐书》诸《志》、《五代史》诸《考》，差可颉颃。若文家，则自曾子固《越州赵公救灾记》《序越州鉴湖图》二篇外，无闻焉。

叙记类莫古于《尚书》《金縢》、《顾命》两篇。《金縢》自“既克商二年”至“王翼日乃瘳”为一大段，叙周公祷神事，以为后半张本。自“武王既丧”至末，又叙周公遭流言事。及“启金縢”乃回缴前半，笔力何等斩截！《顾命》自当从《今文尚书》，合《康王之诰》为一篇，前幅乃其起源，中段则传成王之命也，后幅则受命后见诸侯之事也。其间叙陈设之物与仪节，何等详细，又何等简质！初不知行事在何地，至“出庙门”句，始知其在庙中，此倒点法。末言“王释冕，反丧服”，又回缴前“王麻冕黼裳”句。通篇浑穆庄重，岂后人所能及！《左传》一书，旧依经以行。自章茂深（冲）就事联属之，为《春秋左氏传事类本末》。近世邹平马宛斯（骕）有《左传事纬》。吾友吴辟疆（闿生）复有《左传文法读本》。辟疆与李右周书云：“《左传》记事，最长在总挈列国时势，纵横出入，无所不举。故局势雄远，包罗闳丽，二百余年，天子诸侯盛衰得失，具见其中。”其体格与《尚书》同。至文法之奇，约有数端：一曰逆摄。吉凶未至，辄先见败征。此犹其易识者矣。至城濮之役，犹未战也，而蔿贾质责子文，以痛子玉之败。三郤之难，犹未兆也，而范文子怒逐其子，以忧晋国之亡。此皆凭空特起，无所附着，荡骇心目，莫此为尤。故重耳之奔走流离，一亡公子耳，而所如皆有得国之气象。楚灵、夫差，方其极盛，踔厉中原，而势已不能终日。若此者，皆其逆摄之胜也。一曰横接。必然之势，无可避免，而语意所趋，未尝径落。惠公之擒也，先之以小驷；齐侯之败也，先之以辗蛇；共王之伤也，先之以射月；督戎之死也，先之以焚丹书。有所藉而后入，必有所附而后伸。若此者，皆其横接之胜也。一曰旁溢。蹇叔哭师，知其败之必于崤耳；而二陵风雨、后皋之墓，豗然有凭高吊古之思焉。徐关之入，勉保者以慎守耳；而子女之辟、锐司徒之问，殷然有家人父子之谊焉。推之华元“皤腹”之讴，以著其雅量；叔展“麦曲”之问，以极其艰穷；叔仪“佩蕊”之歌，以彰其匮竭，皆假轶事小文，肆为异彩，则其横溢而四出者也。一曰反射。庄公之不子，则以颖考叔之孝彰之；齐豹之不臣，则以公孙青之谨形之；季孟之怯耎纵敌，则以冉有之义、公叔务人、林不狃之节形之；臧孙之无罪，则以东门遂、叔孙侨如之盟首形之；推之崔、庆、栾、高之乱齐，而以晏子正君臣之义；昭公之亡国，而以子家子主反正之策。言出于此，义涉于彼，如汤沃雪，如镜鉴幽。若此者，皆以相反而益著者也。先姜坞府君《援鹑堂笔记》亦云：“左氏之文，须看其摹画点缀，千古情事如睹，而天然葩艳，照映古今。”此外如《国策》叙次亦工。《援鹑堂笔记》谓其文凡有数种，如苏秦之辩，则形容炫耀；《齐宣王见颜斶》《触詟赵太后》等，则淡远高妙。大抵此种书后世罕有逮者，惟《通鉴》剪截旧史，犹有法度可观耳。

杂记类莫古于《礼记·檀弓》《深衣》《投壶》三篇。《檀弓》记杂事；二篇则存古之遗制。《周礼·考工记》亦然。后世惟韩退之《画记》体与近之，故方望溪评之云：“周人以后无此种格力。欧公自谓不能为，所谓晓其深处；而东坡以所传为妄，于此见知言之难。”后晁无咎《捕鱼图记》又学《画记》，《援鹑堂笔记》评之云：“虽错综变化，一齐读去，较之昌黎体势似缓，然自工。”柳子厚山水记，又一变词赋家富丽，而以华妙之笔，纳之古澹之中。故惜抱先生评之云：“子厚间用《水经注》兴象，然岂郦道元所能逮？”黄东发《日抄》云：“《柳集》惟晚年纪志人物，寄其嘲骂，模写山水，抒其抑郁，皆峻洁精奇，如明珠夜光，见辄夺目。”曾文正公《与吴南屏书》云：“陶公及韦、白、苏、陆闲适之诗，雕刻物态，逸趣横生，读之栩栩焉神愉而体轻，惜古文家少此种。独柳子厚山水记，破空而游，并物我纳诸大适之域，非他家所有。若欧、苏、曾、王，以议论入之，或就情韵为文，于兹类盖为变调。”

纪传类于古惟《尚书》帝典为本纪发源;《中庸》昭明圣祖之德，为传状发源。《尧典》自当《今文尚书》，合《舜典》为一，而南齐姚方兴后得之二十八字不足信。盖《尧典》末言帝以二女妻舜，文气未终，与“慎徽五典”相接，“序”所谓“历试诸艰”也。尧以“曰若稽古”起，以“殂落”终。舜以“有鳏在下”起，以“陟方”终，前后相承，如天衣之无缝，岂可从中截断？若夫《中庸》篇首自“性”“道”“教”说来，以千古率性、修道、立教，莫孔子若也。其后历引孔子论舜之大知，颜子之择乎中庸，子路之强，及舜之大孝，武王、周公之达孝，皆为仲尼作宾。至篇末至诚至圣，乃赞孔子，为一篇之归宿。及司马子长撰《史记》，而《纪》以年分，《传》以人分，遂为史家二体，其文章尤高妙。故归震川《史记总评》云:“《史记》起头处，往往来得勇猛。”又云:“事迹错综处，太史公叙得来如大塘上打纤，千船万船不相妨碍。”又云:“《史记》只实实里说去，要紧处多跌宕，跌宕处多要紧。”又云:“虽跌宕又不是放肆。”又云:“跌宕如在峡中行，忽然跃起。”又云:“《史记》叙事时有捱几句似闲的说话，最妙！”又云:“叙事或追前说，或带后说，此是周到。”又云:“《史记》重垒处正不见重垒。”又云:“《史记》多旁支。凡旁支处只点景说，不是这等死煞说。”又云:“旁支如江水一直去，又有旁支，不是正论。”又云:“《史记》如人说话，本说他事，又带别样说。”又云:“太史公但至热闹处，就露出精神来了。如今人说平话者然，一拍手又说起，只管任意说去。”又云:“如说平话者，有兴头处，就歌唱起来。”又云:“《史记》如水平平流去，忽遇石激起来。”又云:“《史记》如两人说话堂上，忽撞出一人来，即挽入在内。”又云:“《史记》如平地忽见高山。”又云:“《史记》如画然，连山断岭，峰峦参差。”又云:

“《史记》如地高高下下相因，乃去得长。”又云：“《史记》如作游山记然，本是说本处景致，乃云前有某山、后有某水等，乃为大家文字。他人文是一条鞭的。”又云：“他人之文，如临小画，非不工致；子长之文，如画《长江万里图》。”顾亭林《日知录》云：“秦楚之际，兵所出入之途，曲折变化，惟太史公序之如指掌。以山川郡国不易明，故曰东、曰西、曰南、曰北。一言之下，而形势了然。以关塞江河为一方界限，故于项氏则曰‘梁乃以八千人渡江而西’，曰‘羽乃悉引兵渡河’，曰‘羽将诸侯兵三十余万行略地至河南’，曰‘羽渡淮’，曰‘羽遂引东欲渡乌江’。于高帝则曰‘出成皋玉门北渡河’，曰‘引兵渡河复取成皋’。盖自古史书兵事地形之详，未有过此者。太史公胸中固有一天下大势，非后代书生之所能及也。”《援鹑堂笔记》云：“太史公至处，班固不能到。即如《萧相国世家》‘以帝尝繇咸阳时，何送我独赢奉钱二也’一句，太史公自语未了，忽入高帝口气，摹画玲珑，而文法奇绝。又如《平准书》叙文、景后，方入‘至今上即位数岁’，忽说‘汉兴’云云，皆奇绝。且于文、景亦不说其盛处，至此方摹画之。如此乃可谓之含蓄深远。”又云：“文字精神，至太史公方入神妙，班史但可谓旺相耳。”方望溪评《绛侯周勃世家》云：“绛侯安刘之功，具吕后、孝文《本纪》，故首叙战功，承以可属大事。其后独载惧祸遭诬事。条侯亦首叙将略，后独载争栗太子、抑王信二事。其父子久任将相，岂他无可言者乎？盖所纪之事，必与其人规杭相称，乃得体要。子厚以‘洁’称太史，非独辞无芜累也；明于义法，而所称之事不杂，故气体为最洁也。”曾文正评《老庄韩非列传》云：“太史公传庄子曰：‘大率皆寓言也。’余谓《史记》亦然。列传首《伯夷》，一以寓天道福善之不足据，一以寓不得依圣人以为师，非自著书，则将无所托以垂于不朽。次《管晏传》，伤己不得鲍叔者为之知己，又不得知晏子者为之荐达。此外如子胥之愤，屈、贾之枉，皆借以自鸣其郁耳，非以此为古来伟人计功簿也。”又评《李将军列传》云：“‘初，广之从弟李蔡’至‘此乃将军所以不得侯者也’十余行中，专叙广之数奇，已令人读之短气；此下接叙从卫青出击匈奴徙东道迷失道事，愈觉悲壮淋漓。若将从卫青出塞事叙于前，而以广之从弟李蔡一段议论叙于后，则无此沉雄矣。故知位置之先后，剪裁之繁简，为文家第一要义也。”凡此诸条，皆得要领。至《汉书》，则惜抱先生《与陈硕士书》所谓“佳篇皆在昭、宣以后”者，亦足尽所长。后代文家大抵书微者，或骨肉亲旧，少有大篇；然各有熔裁，未可忽也。

碑志类之可诵者，自李斯《泰山》《琅邪》《之罘》《碣石》《会稽》诸刻文始，厥后惟班孟坚《封燕然山铭》、元次山《大唐中兴颂》，庶足继之。而韩退之《平淮西碑》，尤为杰作。其庙碑、墓碑，在东汉者，大抵以高简之笔，行于俪语中。魏晋以降，乃渐轻靡。及退之变偶为奇，而谋篇变化，造句奇崛，遂为第一大手笔。宋诸家惟欧公有其情韵不匮处，故《援鹑堂笔记》云：“欧文黄梦升、张子野墓志最工。而黄志尤风神发越，兴会淋漓。然皆从昌黎《马少监》出。而瑰奇绮丽，欧未之及也。”王有其法度谨严、笔力简峻处，故惜抱先生评退之《太原王君墓志铭》云：“此文已开荆公志铭文法。”曾氏亦云：“此篇先将官阶叙毕，然后申叙居某官、为某事，此等蹊径，介甫多学之。”要之两家各得一节，而未能尽其全量。况余子乎？

赞颂类自《鲁颂》外，如《汉书》所载《房中》《郊祀》等歌，寓规于颂；其叙传则评骘古人，词皆深雅。他若扬子云、蔡伯喈（邕）、陆士衡、袁伯彦（宏）诸篇，亦称杰作。唐以后可诵者惟韩退之《子产不毁乡校颂》、柳子厚《伊尹五就桀赞》《平淮西雅》而已。

由斯以观，记载之文，全以义法为主。所谓义者，有归宿之谓；所谓法者，有起、有结、有呼、有应、有提掇、有过脉、有顿挫、有勾勒之谓。归氏《史记总评》云:“晓得文章掇头，千绪万端文字，便可做了。”又云:“作文如画，全要界画。”《援鹑堂笔记》云:“文章须有‘入不言兮出不辞’之意。”惜抱先生云:“作文如小儿放纸鸢，愈放愈高，止在手中线牢耳。”(《吴先生点勘史记读本序》)方植之《昭昧詹言》云：凡作文，“于题面题绪及作旨归宿，必交代清楚”“譬名家作画，无不交代谿径道路明白者”；然“又忌太分明”。又云:“古人文法之妙，一言以蔽之曰：语不接而意接。俗人接则平顺呆蹇，不接则直是不通。韩公曰:‘口前截断第二句’太白云:‘云台阁道连窈冥。’须于此会之。”兴化刘融斋（熙载）《艺概》云：文章“不难于续，而难于断。先秦文善断，所以高不易攀。然抛针掷线，全靠眼光不走；注坡蓦涧，全仗缰辔在手。明断正取暗续也”。此等语宜深味之。

诗　歌

诗歌亦著述门之一类。但古今作者既众，而境之变化又多，大抵文中或论道，或叙事，或状物态，或抒性情，诗皆有之，兹不得不别为一篇，以评历代作者之得失，而备商榷焉。

昔王阮亭《古诗选》于五言云：“乐府别是声调体裁，与古诗迥别。然汉人《庐江小吏》《羽林郎》《陌上桑》之类，叙事措语之妙，爱不能割。班姬《怨歌行》，卓氏《白头吟》，被之乐府，何非诗耶？至曹氏父子兄弟，往往以乐府题叙汉末事，虽谓之古诗亦可。”又云：“齐梁以后，短句已是唐律、唐绝。”又云：“《十九首》之妙，如无缝天衣。后之作者，顾求之针缕襞绩之间，非愚则妄。”又云：“当涂之世，思王为宗。应、刘以下群附和之，惟阮公别为一派。司马氏之初，茂先、休奕（傅元字）、二陆、三张之属，概乏风骨。太冲挺拔，崛起临菑。越石（刘琨字）清刚，景纯豪俊，不减于左。三公鼎足，此典午之盛也。过江而后，笃生渊明，卓绝后先，不可以时代拘墟矣。”又云：“宋代词人，康乐为冠：诸谢（混、瞻、惠连、庄）奕奕，迭相映蔚。明远篇体惊奇，在延年之上。谢之与鲍，可谓分路扬镳。”又云：“齐有元晖独步一代，元长（王融字）辅之。自兹以外，未见其人。梁代右文，作者尤众。绳以风雅，略其名位，则江淹、何逊，足为两雄；沈约、范云、吴均、柳恽，差堪羽翼。固知此道真赏，论定不诬。非可以东阳、零陵（南齐时，约官东阳太守，云官零陵内史）身为佐命，遂堪劫持一代文柄也。”又云：“陈朝寥寥，孝穆（徐陵字）称首。总持（江总字）流品，视徐未宜并论。然华实兼美，殆欲过之。子坚（阴铿字）芜累，愧其名矣。”又云：“北朝魏、齐之间，颜介（之推）最为高唱。高敖曹（昂）短章，不减斛律金。二君可敌南朝沈庆之、曹景宗。（昂与金，北齐名将。昂有《征行》诗，王选已录。《敕勒歌》王题无名氏，据王闿运《八代诗选》即金作。庆之，宋将；景宗，梁将；并能为诗）至于邢（邵）、魏（收）之流，未强人意；刘昶、萧悫，逾淮不化，亦未易才。北周寥寥，仅得子渊（王褒字）、子山（庾信字），二人之才，一时瑜、亮。而钟仪之悲，开府（庾信入周后，官骠骑大将军开府仪同三司）为至矣。”又云：“隋混一南北，炀帝之才，实高群下，《长城》《白马》二篇，殊不类陈、隋间人。杨处道（素）沉雄华赡，风骨甚遒，已辟唐人陈（子昂）、杜（审言）、沈（佺期）、宋（之问）之轨，余子莫及。”又云：“唐五言古诗凡数变。约而举之：夺魏晋之风骨，变梁陈之俳优，陈伯玉（子昂字）之力最大，曲江公（张九龄）继之，太白又继之。《感遇》《古风》诸篇，可追嗣宗《咏怀》、景阳（张协字）《杂诗》。贞元、元和间，韦苏州（应物官苏州刺史）古澹，柳柳州（宗元官柳州刺史）峻洁。”又云：“明五言诗极为总杂，西涯（李东阳号）之流，原本宋贤；李、何以来，具体汉魏。平心论之，互有得失，未造古人。独高季迪（启）、皇甫子安兄弟（冲字子浚，涍字广安，汸字子循，濂字子约）、薛君采（蕙）、高子业（叔嗣）、徐昌国（祯卿）、华子潜（察）寥寥数公，窥见六代三唐作者之意。”于七言云：“谢太傅（安）问王子猷（徽之）曰：‘云何七言诗？’对曰：‘昂昂若千里之驹，泛泛若水中之凫’，此命名所自也。”又云：“七言始于《击壤歌》。《雅》《颂》之‘维昔之富不如时’‘予其惩而毖后患’‘学有缉熙于光明’，至《临河》歌、《南山》歌以下，其辞匪一，皆七言之权舆也。”又云：“《大风》《垓下》，肇自汉音；至武帝《秋风》《柏梁》，其体大具。曹子桓《燕歌行》，陈孔璋《饮马长城窟行》，皆唐作者之所本也。六朝惟鲍明远最为遒宕，七言法备矣。梁、陈、隋长篇颇多，而气不足以举其辞。沿及唐初，益崇繁缛。”又云：“明何大复（景明）《明月篇序》谓‘初唐四子之作，往往可歌，反在少陵之上’（长安城东有汉文帝霸陵，其南五里即乐游原，宣帝杜陵在焉。其东南又有陵，差小，许后所葬，曰少陵，即杜曲，杜甫《哀江头》诗云“少陵野老吞声哭”，又《曲江》诗云“杜陵幸有桑麻田”）。说者以为有功于风雅，韪矣。然遂以此概七言之正变则非也。二十年来，学诗者束书不观，但取王（勃）、杨（炯）、卢（照邻）、骆（宾王）数篇，转相仿效，肤词剩语，一唱百和，岂何氏之旨哉。”又云：“开元、大历诸作者，七言始盛，王（维）、李（颀）、高（适）、岑（参）四家，篇什尤多。李太白弛骋笔力自成一家，大抵嘉州（岑参官嘉州刺史）之奇峭，供奉（李白官翰林供奉）之豪放，更为创获。”又云：“诗至工部，集古今之大成，百代而下，无异词者。七言大篇，尤为前所未有，后所莫及，盖天地之奥，至杜而始发之。”又云：“杜七言千古标准，自钱（起）、刘（长卿）、元（稹）、白（居易）以来，无能步趋者。贞元、元和间学杜者，惟韩文公一人耳。”又云：“宋承唐季衰陋之后，至欧阳文忠公，始拔流俗，七言长句，高处直追昌黎，自王介甫辈，皆不及也。《庐山高》一篇，公所自负，然殊非其至者。”又云：“究公之后，学杜、韩者，王文公为巨擘，七言长句，盖欧阳公后劲，苏、黄前茅，特其妙处，微不逮数公耳。”又云：“欧阳公见苏文忠公，自谓‘老夫当放此人出一头地’，盖非独古文也，唯诗亦然。文忠公七言长句之妙，自子美、退之后，一人而已。文定（子由谥）视文忠，邾、莒矣。”又云：“苏文忠公凌踔千古，独心折山谷之诗，数效其体，前人之虚怀如此。后世腐儒乃谓东坡与山谷争名，何其陋耶？山谷虽脱胎于杜，顾其天姿之高，笔力之雄，自辟门户。宋人作《江西诗派图》，极尊之，配食子美，要亦非山谷意也。”又云：“元佑文章之盛，推‘苏门六君子’（山谷、张耒、秦观、晁补之、陈师道、李廌）。黄尝自负其诗在晁、张之上。顾无咎七言佳处，颇得文忠之逸。叔用（晁冲之字）《具茨集》，寥寥无多；一鳞片甲，殆高出无咎之上。议者以为惟陆务观能仿佛之，非过论也。”又云：“南渡气格，下东都远甚，惟陆务观为大宗。七言逊杜、韩、苏、黄诸大家，正坐‘沈郁顿挫’少耳。要非余人所及。”又云：“南渡以后，程学盛于南，苏学盛于北。金元之间，元裕之（好问字）其职志也。七言妙处，或追东坡而轶放翁。”又云：“元诗称虞、杨、范、揭。道园（虞集号）自负如汉庭老史。愚数观《学古录》，其诗诚非三家所及，恨篇什稍寡耳。刘静修刻画山水，间有可采。”又云：“元诗靡弱，自虞伯生（虞集字）而外，唯吴立夫长句，瑰玮有奇气。虽疏宕或逊前人，视杨廉夫（维桢）之学飞卿、长吉（李贺字），区以别矣。”又云：“有明一代，作者众多。七言长句，在明初则高季迪、张志道（以宁）、刘子高（嵩）为最，后则李宾之（东阳）。至何、李学杜，厌诸家之坦迤，独于沉郁顿挫处用意，虽一变前人，虽称复古，而同源异派，实皆以杜氏为昆仑墟。”

阮亭又尝因洪文敏（景卢谥）《万首唐人绝句》，惟务取盈，颇嫌芜杂，因约选八百九十五首。于五言云：“五言初唐王勃独为擅场。盛唐王（维），裴（迪）辋川唱和，工力悉敌，刘须溪（辰翁）有意抑裴，谬论也。李白气体高妙。崔国辅源本齐梁。韦应物本出右丞，加以古澹。后之为五言者，于此数家求之，有余师矣。”于七言云：“七言初唐风调未谐。开元、天宝诸名家，无美不备，李白、王昌龄尤为擅场。昔李沧溟（攀龙）推‘秦时明月汉时关’一首压卷，余以为未允。必求压卷，则王维之‘渭城’、李白之‘白帝’、王昌龄之‘奉帚平明’、王之涣之‘黄河远上’，其庶几乎。而终唐之世绝句，亦无出四章之右者矣。中唐之李益、刘禹锡，晚唐之杜牧、李商隐，四家亦不减盛唐作者云。”又云：“王弇州（世贞）云：‘七言绝句，少伯（王昌龄字）与太白争胜，俱是神品。’”又云：“七言绝盛唐主气，气完而意不甚工；中晚唐主意，意工而气不甚完。然各有至者，未可以时代优劣也。”此论甚确。

以上所录阮亭论诗之语，亦綦详矣。惟所选五古，不及杜公。惜抱先生《与管异之（同）书》云：“阮亭诗法，五古只以谢宣城为宗（朓尝官宣城太守），七古只以东坡为宗。”又《与陈硕士书》云：“阮亭于五古不选杜诗，此是自度才力不堪以为大家，而天下士之堪学杜者亦罕见，故不以之教人。”然果如此，则七古又何为选杜公耶？若谓五古止当以汉魏六朝为宗，又何为《渔洋集》中拟杜者复不少耶？窃谓此自是阙处。又未选律体，惜翁补之，而有《五七言今体诗钞》。其于五言云：“声病之学，肇于齐梁。以是相沿，遂成律体。南北朝迄隋诸诗人警句，率以俪偶调谐，正可谓之律耳。”又云：“唐人陈拾遗（子昂官右拾遗）、杜修文（审言官修文馆直学士）、沈、宋、曲江，为开元以前之杰。”又云：“盛唐人诗，固无体不妙，而尤以五言律为最；此体中又当以王、孟为最。以禅家妙悟论诗者，正在此耳。”又云：“盛唐人禅也，太白则仙也，于律体中，以飞动票姚之势，运旷远奇逸之思，此独成一境者。”又云：“杜公今体四十字中，包涵万象，不可谓少。数十韵、百韵中，运掉变化如龙蛇，穿贯往复如一线，不觉其多。读五言至此，始无余憾。”又云：“中唐大历诸贤，尤刻意于五律，其体实宗王、孟，气则弱矣，而韵犹存。贞元以下，又失其韵，其有警拔，盖亦希矣。”又云：“晚唐之才固愈衰，然五律有望见前人妙境者，转贤于长庆诸公，此不可以时代限也。元微之首推子美长律，然与香山皆以多为贵，精警阙焉。惟玉谿生（李商隐号）乃略有杜公遗响耳。”于七言云：“夫文以气为主。七言今体句引字赊，尤贵气健。如齐梁人古色古韵，夫岂不贵，然气则踬矣。杨升庵专取为极则，此其所以病也。初唐诸君，正以能变六朝为佳，至‘卢家少妇’一章，高振唐音，远包古韵，此是神到之作，当取冠一朝矣。”又云：“右丞七律能备三十二相，而意兴超远，有‘虽对荣观燕处超然’之意，宜独冠盛唐诸公。于鳞（李攀龙字）以东川（李颀号）配之，此一人私好，非公论也。”又云：“杜公七律，合天地之元气，包古今之正变，不可以律缚，亦不可以盛唐限者。”又云：“大历十子，以随州（刘长卿官随州刺史）为最。其余诸贤，亦各有气调。至于长庆，香山以流易之体，极富赡之思，非独俗士夺魄，亦使胜流倾心。然滑俗之病，遂至滥恶，后皆以白傅（居易以太子少傅进冯翊县侯）为藉口矣。非慎取之，何以维雅正哉！”又云：“玉谿生虽晚出，而才力实为卓绝，七律佳者，直欲远追拾遗（杜甫于至德中拜右拾遗）；其次者犹足近掩刘（禹锡）、白（居易）。第以矫敝滑易，用思太过，而僻晦之敝又生。要不可不谓之诗中豪杰士矣。温（庭筠）诗于玉谿为陪台，非可与并立也。”又云：“唐末诗人，才力既异于前，而习俗所移，又难振拔，故杰出益少；然亦未尝无佳句也。”又云：“‘西昆’诸公之拟玉谿，但学其隶事耳，殊滞于句下，都成死语。其余宋初诸贤，亦皆域于许浑、韦庄辈境内。欧公诗学昌黎，故于七律不甚留意。荆公则颇留意矣，然亦未造殊妙。”又云：“东坡天才有不可思议处，其七律只用梦得（刘禹锡字）、香山格调，其妙处，岂刘、白所能望哉！山谷刻意少陵，虽不能到，然其兀傲磊落之气，足与古今作俗诗者澡濯胸胃，导启性灵。”又云：“放翁激发忠愤，横极才力，上法子美，下揽子瞻，裁制既富，变境亦多，其七律固为南渡后一人。其余如简斋、茶山、诚斋诸贤，虽有盛名，实无超诣。”

以上所录惜翁论诗语与阮亭参观，各体略备。阮亭未选明诗，惜翁则止于南宋。然《与陈硕士书》则教之从李、何、王、李入手。先姜坞府君《援鹑堂笔记》云：“《古诗十九首》，浑然天成，岂可摹仿！然观李、何诸公诗，转复读之，其妙愈出，譬诸学书者只见石刻，后观真迹，盖见神骨之不易几也。”

自来评诗，莫古于钟仲伟《诗品》。及宋而说益繁。兹以王、姚二家为先导。此外如苏子瞻评司空表圣（图）诗“棋声花院闭，幢影石坛高”，以为“虽工而寒俭有僧态”。“杜子美‘暗飞萤自照，水宿鸟相呼。四更山吐月，残照水明楼’，则才力富健，去之远矣。”叶少蕴《石林诗话》云：“老杜变化开阖，出奇无穷，殆不可以形迹捕诘。如‘江山有巴蜀，栋宇自齐梁’，远近数千里，上下数百年，只在‘有’与‘自’字间。而吐吞山水之气，俯仰古今之怀，皆见于言外。”《援鹑堂笔记》云：“魏武帝苍健而朴，子桓藻艳，子健浑迈，得文质之中。公干气较紧而狭。仲宣局面阔大。嗣宗高迈。”又云：“杜、陶相对，而李不及。”又云：“韦自在处过于柳，然病弱；柳雄健，以能文故也。”又云“老杜自称其诗‘沈郁顿挫’（《唐书》载甫《上玄宗疏》）。所谓‘顿挫’者，欲出而不遽出，字字句句，持重不流。”张文端公（英）《聪训斋语》云：“唐诗如缎如锦，质厚而体重，文丽而丝密，温醇尔雅。宋诗如纱如葛，轻疏纤朗，便娟适体。中年作诗，断当宗唐；若老年阑入于宋，势所必至。五律断无胜于唐人者，如王、孟五言，两句便成一幅画。”方植之《昭昧詹言》云：七律起句“忌用宋人轻侧之笔”，须“以唐人‘高馆张灯酒复清’‘风急天高猿啸哀’‘玉露凋伤枫树林’为法”。“又有一起四句将题绪叙尽，后半换笔、换意、扬势”者。但五六句转势，“不如仍挺起作扬势”。“结句大约别出一层，补完题蕴，须有不尽远想”，然“不可执著”。又云：七言长篇，不外叙、写、议三法。又云：五古宜先学鲍、谢，七律宜从摩诘（王维字）、东川、义山、山谷入门，七古宜从昌黎入。学者合观之，于诗学思过半矣。

若夫词曲，据《四库全书总目》云：“此二体在文章技艺之间，厥品颇卑。然《三百篇》变而古诗，古诗变而近体，近体变而词，词变而曲。层累而降，莫知其然。究厥渊源，实亦乐府之余音，风人之末派也。”又张皋文《词选序》云：“自唐之词人，李白为首。其后韦应物、王建、白居易、刘禹锡之徒，各有述造，而温庭筠最高。五代之际，孟氏、李氏君臣为谑，竞变新声，词之杂流由是作矣。至其工者，往往绝伦。亦如齐梁五言，依托魏晋，近古然也。宋之词家，号为极盛。然张先、苏轼、秦观、周邦彦、辛弃疾、姜夔、王沂孙、张炎，渊渊乎文有其质焉。若柳永、黄庭坚、刘过、吴文英，亦各引一端，以取重于当世。而后进弥以驰逐，破碎奔析，坏乱不可纪。故自宋之亡而正声绝，元之末而规矩隳。”此两条附录于后，以见梗概。

文学研究法卷三

性　情

《左传》载鲁叔孙豹之言云："太上立德，其次立功，其次立言。"（襄二十四年）韩退之《答刘正夫书》云："若圣人之道，不用文则已；用，则必尚其能者。能者非他，能自树立、不因循者是也。"夫曰"立言"，曰"能自树立"，皆不肯依傍他人之辞也。故《史记·太史公自序》云："成一家之言。"魏文帝《典论》称徐伟长："唯干著论，成一家言。"《与吴质书》云："伟长著《中论》二十余篇，成一家之言"，"足传于后。"陈思王《与杨德祖书》云：将"成一家之言"。黄山谷《以右军书赠邱十四》诗云："随人作计终后人，自成一家始逼真。"盖自成一家，而后谓之"立言"，谓之"能自树立"，其性情乃可著之天下后世。何谓性情？《白虎通·性情》篇云："性者阳之施，情者阴之化也。人禀阴阳气而生，故内怀五性六情。情者，静也；性者，生也。此人所禀六气以生者也。"又云："五性者，仁、义、礼、智、信也。六情者，喜、怒、哀、乐、爱、恶，所以扶成六性。夫人性内涵，而外著为情。其同焉者，性也；其不同焉者，情也。惟情有不同，斯感物而动。性亦不能不各有所偏。"故刚柔缓急，胥于文章见之。苟不能见其性情，虽有文章，伪焉而已，奚望不朽哉！《文心雕龙·情采》篇云："夫铅黛所以饰容，而盼倩生于淑姿；文采所以饰言，而辨丽本于情性。故情者文之经，辞者理之纬；经正而后纬成，理定而后辞畅；此立文之本源也。昔诗人篇什，为情而造文；辞人赋颂，为文而造情。何以明其源？盖《风》《雅》之兴，志思蓄愤，而吟咏情性，以讽其上，此为情而造文也。诸子之徒，心非郁陶，苟驰夸饰，鬻声钓世，此为文而造情也。故为情者要约而写真，为文者淫丽而烦滥。而后之作者，采滥忽真，远弃《风》《雅》，近师辞赋，体情之制日疏，逐文之篇愈盛。故有志深轩冕，而泛咏皋壤；心缠几务，而虚述人外。真宰弗存，翩其反矣。夫桃李不言而成蹊，有实存也；男子树兰而不芳，无其情也。夫以草木之微，依情待实；况乎文章，述志为本。言与志反，文岂足征？”斯言也，真搔着痒处矣。近世益都赵秋谷（执信）《谈龙录》云："文中宜有人在。"吾邑方植之《昭昧詹言》云："诗中须有我。"意正相同。

盖既为文学家，必独有资禀，独有遭际，独有时世，著之于辞，彼此必不能相似。《文心雕龙·体性》篇论文有八体，而云："功以学成，才力居中，肇自血气。气以实志，志以定言。吐纳英华，莫非情性。是以贾生俊发，故文洁而体清；长卿傲诞，故理侈而辞溢；子云沉寂，故志隐而味深；子政简易，故趣昭而事博；孟坚雅懿，故裁密而思靡；平子淹通，故虑周而藻密；仲宣躁锐，故颖出而才果；公干气褊，故言壮而情骇；嗣宗俶傥，故响逸而调远；叔夜俊侠，故兴高而采烈；安仁轻敏，故锋发而韵流；士衡矜重，故情繁而辞隐。触类以推，表里必符。岂非自然之恒资，才气之大略哉！”此言各有其资禀也。若夫韩退之《送孟东野序》，谓东野与李翱、张籍之鸣信善，“抑不知天将和其声，而使鸣国家之盛耶？抑将穷饿其身，思愁其心肠，而使自鸣其不幸耶？”此言人生遭际，或穷或达；而文章之体，因之而分。是故达而在上，则有如班孟坚所谓“抒下情而通讽谕，宣上德而尽忠孝，雍容揄扬，著于后嗣者”（《两都赋序》）。穷而在下，则有如欧阳永叔所谓“凡士之蕴其所有，而不得施于世者，多喜自放于山巅水涯，外见虫鱼草木风云鸟兽之状类，往往探奇怪；内有忧思感愤之郁积，其兴于怨刺，以道羁臣寡妇之所叹，而写人情之难言者”（《梅圣俞诗集序》）。尹师鲁《答邓州通判韩宗彦寺丞书》云：“阁下方以才名为士林推重，当世名卿巨儒，凡与游者，其作为文章，莫不道圣功，扬德音，如观乐于宗庙，和平啴缓，无不得其宜。若夫废放之人，其心思以深，故其言或窘或迂，或激或哀，异此则非本于情，矫为之也。譬诸急弦促轸，乌足留大雅之听哉！”此言忧乐之不能强同，尤为亲切。至于时世所值，与文章更有莫大之关系。凡切于时世者，其文乃为不可少之文；若不切者，虽工亦可不作。昔惜抱先生《贾生明申商论》云：“冬必裘而夏必绤者，时也。齐甘苦酸辛咸而御之者，和也。诸葛武侯当先主之时，宽法孝直，救李邈、张裕，其用意一出于仁慈；乃以申、韩之书教后主，知其所不能也。贾生告文帝以髋髀之所，非斤则斧，意亦犹是；然使述此于景、武之时，则与处烈火而进婴者何以异？盖景帝之天资固薄矣，提杀吴太子于嬉戏，疏张释之而诛周亚夫，其资如此，而晁错又以申、商进之，何怪有吴楚之难！”此言立论之必当乎其时也。又梅伯言《答朱丹木书》云：“文章之事，莫大乎因时立言。吾言于此，虽其事之至微，物之其小，而一时朝野之风俗好尚，皆可因吾言而见之。使为文于唐贞元、元和时，读者不知为贞元、元和人，不可也；为文于嘉祐、元祐时，读者不知为嘉祐、元祐人，不可也。韩子曰：‘惟陈言之务去。’岂独其词之不可袭哉？夫古今之理势，固有大同者矣；其为运会所移，人事所推演，而变异日新者，不可穷极也。执古今之同，而概其异，虽于词无所假者，其言亦已陈矣。”吴挚甫先生亦告永朴云：“凡儒、释之辨，朱、陆、汉、宋之争，在始言之者，因其时说之方炽，故为卓识正论；若今日取而覆衍之，虽欲不谓之腐，得乎？”综观诸条，庶可以知文章必根乎性情之故矣。

是故有志学文者，其始必力求与古人相似，而不能不从事于摹仿。观惜抱先生《跋刘海峰诗》云：“海峰先生诗，初犹有摹古之痕。入黔以后所作，如鲲化为鹏，超然九万里矣。夫古今睽绝，以今追昔，非拟学何由得近？才高者取其精华，才卑者获其糟粕；功深者化其痕迹，功浅者滞于形模。此在昔人集中，亦多利病互见耳，不得以长覆短，亦不得以短覆长。世之陋才，力不能追希古哲，苟尔成篇，义猥词鄙，反以脱化自矜，遗哲匠之巨材，訾一端之小失，欺诬后生，荡灭型矩，此文运之所以衰也。”《与管异之书》云：“今人诗文，不能追企古人，亦是天资逊之，亦是涂辙误而用功不深也。若涂辙既正，于古人最上一等文字，诚不可到；其中下之作，非不可到也。昌黎不云‘其用功深者其收名远’乎？近世人习闻钱受之（谦益）偏论，轻讥明人摹仿。文不经摹仿，亦安能脱化？观古人之学前古，摹仿而浑妙者自可法，摹仿钝滞者自可弃，虽扬子云亦当以此义裁之，岂但明贤哉？”《与伯昂从侄孙（元之）书》云：“近人每云作诗不可摹拟，此似高而实欺人之言也。学诗文不摹拟，何由得入？须专摹拟一家，已得似后，再拟一家。如是数番之后，自能熔铸古人，自成一体。若初学不能逼似，先求脱化，必全无成就。譬如学字而不临帖，可乎？”曾文正公《家训》云：“作文宜摹仿古人间架。《诗经》造句之法，无一句无所本。《左传》之文，多现成句调。扬子云为汉代文宗，而其《太玄》摹《易》，《法言》摹《论语》，《方言》摹《尔雅》，《十二箴》摹《虞箴》，《长杨赋》摹《难蜀父老》，《解嘲》摹《客难》，《甘泉赋》摹《大人赋》，《剧秦美新》摹《封禅文》，《谏不许单于朝书》摹《国策·信陵君伐韩》，几于无篇不摹。即韩、欧、曾、苏诸巨子之文，亦皆有所摹拟，以成体段。作文作诗赋，均宜心有摹仿，而后间架可立，其收效较速，其取径较便。”此皆言摹拟古人而求与之似，乃初学不可不历之阶级也。其继又必求与古人不相似，而不可但以摹拟为工。观顾亭林《日知录》云：“近代文章之病，全在摹仿。即使逼肖古人，已非极诣，况遗其神理，而得其皮毛者乎？且古人之文，时有利钝，若弃其所长而师其所短，为害尤甚。”又云：“诗文之所以代变，有不得不然者。一代之文，沿袭已久，不容人人皆道此语。今且千数百年矣，而犹取古人之陈言，一一而摹仿之，以是为诗，可乎？故不似则失其所以为诗，似则失其所以为我。李、杜之诗，所以独高于唐人者，以其未尝不似而亦未尝似也。”惜抱先生《古文辞类纂序》云：“文士之效法古人，莫善于退之。尽变古人之形貌，虽有摹拟不可得而寻其迹也。其他虽工于学古，而迹不能忘。扬子云、柳子厚于斯盖尤甚焉。以其形貌之过似古人也，而遽摈之，谓不足与于文章之事，则过矣；然遂谓非学者之一病，则不可也。”又《题怀宁江七峰（尔维）诗卷》云：“学古人在得其神理，不可袭其面目。李、杜诗不得其神理，殊成粗率。今亦无他法，但熟读之，必求得其解而已。又须观后贤所以学前贤之法。如学杜莫善于昌黎，昌黎岂遂偷杜一字一句乎？学李者莫善于东坡，东坡岂遂肯用‘噫吁戏’等调乎？学杜但贵得其雄浑处，沉着处，兀傲不测处；学李但贵得其豪纵处，洒脱自在处，飘逸处。又须将我之性情、识解、学问运入，当其下笔，若不知有李、杜然，兹乃妙矣。”此又言摹拟而与古人太相拟，究不可谓非文章之病，故不能不求其脱化也。昔董文敏公（其昌）论书法云：“其始必与古人合，其后必与古人离。”诗文书画，盖同一理。是以惜翁《与方植之书》又尝总论之云：“大抵学古人必始而迷闷，苦毫无似处；久而能似之；又久而自得，不复似之。若初不知有迷闷难似之境，则其人必终身无望矣。”而管异之《答侯念勤书》云：“后人为文不能不师古，上者神合之，次者貌肖之，最下者贩其辞。今足下作文一篇耳，而叠用陈寿《进诸葛集表》、《汉书·王莽传赞》、贾生《过秦论》、《穀梁·隐公元年传》诸调，则似集古人之文，而其中不见己作矣。”梅伯言《书异之文集后》，亦述其平生切磋之语曰：“子之文病杂。一篇之中，数体互见，武其冠，儒其衣，非全人也。”

夫摹拟者，所以求古人之法度也；脱化者，所以见一己之性情也。周永年论文章“有法而后能，有变而后大”，盖由化而变，乃成家数。子产有言：“人心之不同，如其面焉。吾岂敢谓子面如吾面乎？”（《左传》襄三十一年）文章亦若是矣。故欲见性情，必存面目。《昭昧詹言》云：“古人皆于本领上用工夫，故文字有骨气；今人只于枝叶上粉饰，下稍又并枝叶亦没了。文字成，不见作者面目，则其文可有可无。诗亦然。”又云：“屈子之词与意，已为昔人用熟，至今日皆成陈言。故选体诗不可再学。”浅者专事盗窃。不见自己面目，人人可用，处处可移，安得不令人憎厌？又云：“欲成面目，全在字句音节，尤在性情，使人千载下如相接对。”数条义皆精。试观韩文公自言“欲观圣人之道必自孟子始”（《送王秀才埙序》），其心之宗仰孟子可知。然考其文，于孟子果步亦步、趋亦趋否？欧阳公自言“予之始得于韩也，当其沉没废弃之余，予固知其不足以追时好而取势利，于是就而学之。则予之所为者，岂所以急名誉而干势利之用哉！亦志乎久而已矣”（《记旧本韩文后》）。其心之宗仰韩子又可知。然考其文，于韩子果步亦步、趋亦趋否？是以曾子固《与王介甫书》云：“欧公更欲足下少开廓其文，勿用造语及模拟前人。孟、韩文虽高，不必似之也，取其自然耳。”苏明允《上欧阳内翰书》，亦论孟、韩及欧公文章之所长，既云“皆断然自为一家之文”，又总结之曰：“执事之才，又自有过人者；盖执事之文，非孟子、韩子之文，而欧阳子之文也。”

虽然，古人学古之文，虽以化其痕迹为妙，而精神要未始不与古人䜣合无间。故班孟坚《两都赋序》云：“大汉之文章，炳焉与三代同风。”而归震川《五岳山人前集序》云：“夫西子病心而瞑其里，其里之丑人亦捧心而瞑其里。其里之富人见之，坚闭门而不出；贫人见之，挈妻子去之而走。故曰知美瞑而不知瞑之所以美。夫知《史记》之所以为《史记》，则能《史记》矣。荆楚自昔多文人，左氏之《传》，荀子之《论》，屈子之《骚》，庄周之篇，试读之，未有不《史记》若也。”方望溪《古文约选序例》云：“序事之文，义法备于《左》《史》。退之变《左》《史》之格调，而阴用其义法；永叔摹《史记》之格调，而曲得其风神；介甫变退之之壁垒，而阴用其步伐。学者果能探《左》《史》之精蕴，则于三家志铭，无事规柢，而自与之并矣。”吾辈苟有志于成一家言，而即古人之法度，以写一己之性情，其所当用力者，不大可知哉！

状　态

文章之状态，非可一言尽也，昔人每因之品藻古今鸿篇巨制。苏明允《仲兄文甫字说》尝以风行水上之“无意乎相求、不期而相遭”，喻文之所由生，其语至为微妙。然既生之后，变态百出，亦有可得而详言者。

盖韩退之《答尉迟生书》云：“行峻而言厉，心醇而气和，昭晰者无疑，优游者有余。”古人文境之妙，不出此数语矣。苏子瞻与谢民师推官书，又专论“达”字。其说云：“孔子曰：‘言之不文，行而不远。’又曰：‘辞达而已矣。’夫言止于达意，即疑若不文，是大不然。求物之妙，如系风捕影，能使是物了然于心者，盖千万人而不一遇也，而况能使了然于口与手者乎？是之谓辞达。辞至于能达，则文不可胜用矣。”杨用修《醰苑醍醐》亦云：“达非浅陋之谓也。夫意有浅言之而不达，深言之乃达者；正言之而不达，旁言之乃达者；俚言之而不达，雅言之乃达者。故周、汉之文最古，而其能道人意中事最彻。今以浅陋为达，是乌知达哉！”近世张文端公《聪训斋语·论圆字》云：“天体至圆，故生其中者无一不肖其体。悬象之大者莫如日月，以至人之耳目手足，物之毛羽，树之花实，土得雨而成丸，水得雨而成泡，凡天地自然而生皆圆。其方者皆人力所为。盖禀天地之性者，无一不具天之体。万事做到极精妙处，无有不圆者。圣人之德，古今之至文、法帖，以至一艺一术，必极圆而后登峰造极。即饮食做到精美处，到口也是圆底。”曾文正《家训》亦云：“无论古今何等文人，其下笔造句，总以‘珠圆玉润’四字为主。无论何等书家，其落笔结休，亦以‘珠圆玉润’四字为主。世人论文家之语圆而藻丽者，莫如徐陵、庾信，而不知江淹、鲍照则更圆，进之沈约、任昉则亦圆，进之潘岳、陆机则亦圆，又进而溯之东汉之班固、张衡、崔骃、蔡邕则亦圆，又进而溯之西汉之贾谊、晁错、匡衡、刘向则亦圆。至于马迁、相如、子云三人，可谓力趋险奥，不求圆适矣；而细读之，亦未始不圆。至于昌黎，其志意直欲陵驾子长、卿、云三人，戛戛独造，力避圆熟矣；而久读之，实无一字不圆，无一句不圆。”先端恪公（讳文然）《答方甥受斯书》论“紧”字云：“来文笔致明爽，而失于率易。落笔便成，思不能精深，句不能警炼，此由所看之文太恕之过也。闲中熟读《孙子》十三篇，便见古人远笔如刀，下句如石。无他，要一个‘紧’字而已。古人论织曰‘紧满’，论地曰’紧要’。紧则满，满则不松，美锦是也；紧则要，要则不涣，关隘是也。”方植之《昭昧詹言》又标“精深华妙”四字，以为文字精深在法与意，华妙在兴象与辞。此数说皆有心得。

然未若刘海峰《论文偶记》之完备。其论“文贵奇”云：“有奇在字句者，有奇在意思者，有奇在笔者，有奇在丘壑者，有奇在气者，有奇在神者。字句之奇，不足为奇；气奇则真奇矣。”又云：“次第虽如此，然字句亦不可不奇，自是文家能事。扬子云《太玄》《法言》，昌黎甚好之，故昌黎文奇。”又云：“气奇最难识，大约忽起忽落，其来无端，其去无迹。”又云：“读古人文，于起灭转接之间，觉有不可测识处，便是奇气。”又云：“奇与平正相对。气虽盛大，一片行去，不可谓奇。奇者，于一气行走之中，时时提起。”又云：“太史公《伯夷传》，可谓神奇。”其论“文贵高”云：“穷理则识高，立志则骨高，好古则调高。”又云：“文到高处，只是朴淡意多。譬如不事纷华，翛然世味之外，谓之高人。昔人谓子长文字峻，震川谓此言难晓，要当于极真、极朴、极浅处求之。”其论“文贵大”云：“道理博大，气脉洪大，丘壑远大，丘壑中必峰峦高大，波澜阔大，乃可谓之远大。”其论“文贵远”云：“远必含蓄，或句上有句，或句下有句，或句中有句，或句外有句，说出者少，不说出者多，乃可谓远。昔人论画曰：‘远山无皴，远水无波，远树无枝，远人无目。’此之谓也。远则味永。文至味永，则无以加。昔人谓子长文字微情妙旨，寄之笔墨蹊径之外；又谓如郭忠恕画天外数峰，略有笔墨、而无笔墨之迹。故太史公文，并非孟坚所知。”又云：“昔人谓意尽而言止者，天下之至言也。然言止而意不尽者尤佳。意到处言不到，言尽处意不尽，自太史公后，惟韩、欧得其一二。”其论“文贵简”云：“凡文，笔老则简，意真则简，辞切则简，理当则简，味淡则简，气蕴则简，品贵则简，神远而含藏不尽则简。故简为文章尽境。”又云：“程子云：‘立言贵含蓄意思，勿使无德者眩，知德者厌。’此语最有味。”其论“文贵疏”云：“宋画密，元画疏；颜、柳字密，钟、王字疏；孟坚文密，子长文疏。凡文，力大则疏，气疏则纵，密则拘；神疏则逸，密则劳；疏则生，密则死。”又云：“子长拿捏大意，行文不妨脱略。”其论“文贵变”云：“《易》曰：‘虎变文炳，豹变文蔚。’又曰：‘物相杂故曰文。’故文者，变之谓也。一集之中，篇篇变；一篇之中，段段变；一段之中，句句变。神变，气变，境变，音节变，句字变，惟昌黎能之。”又云：“文法有平有奇，须是兼备，乃尽文人之能事。上古文字初开，实字多，虚字少。《典》《谟》《训》《诰》，何等简奥！然文法自是未备。至孔子之时，虚字详备，作者神态毕出。左氏情韵并美，文彩照耀。至先秦战国，更加疏纵。汉人敛之，稍归劲质。惟子长集其大成。唐人宗汉，多峭硬；宋人宗秦，得其疏纵，而失其厚茂，气味亦稍薄矣。文必虚字备而后神态出，何可节损？然枝蔓软弱，少古人厚重之气，自是后人文渐薄处。”又云：“马迁句法似赘拙，而实古厚可爱。”其论“文贵瘦”云：“须从瘦出，而不宜以瘦名。益文至瘦则笔能屈曲尽意，而言无不达。然以瘦名，则文必狭隘。”又云：“《公》《穀》、韩非、王半山之文（江宁半山亭，王安石故宅，由县东门至蒋山，此为半道，故名），极高峻难识，学之有得，便当舍去。”又论“文贵华”云：“华正与朴相表里。以其华美故可贵。所恶于华者，恐其近俗耳；所取于朴者，谓其不著脂粉耳。昔人谓不著脂粉而清真刻峭者，梅圣俞之诗也；不著脂粉而精彩浓丽，自《左传》《庄子》《史记》而外，其妙不传。此知文之言。”又云：“天下之势日趋于文，而不能自已。上古文字简质。周尚文，而周公、孔子之文最盛。其后传为左氏，为屈原、宋玉，为司马相如，盛极矣。盛极则孽衰，流弊遂为六朝。六朝之靡弱，屈、宋之盛肇之也。昌黎氏矫之以质，本六经为文，后人因之为清疏爽直，而古人华美，亦略尽矣。平奇华朴，流激使然，末流皆不可处。”又云：“唐人之体，较之汉人微露圭角，少浑噩之象。然陆离璀璨，犹似夏商鼎彝。宋人文虽佳，而万怪惶惑处少矣。荆川云：‘唐之韩，犹汉之班、马；宋之欧、曾、三苏，犹唐之韩。’此自其同者言之耳。然气味有厚薄，力量有大小，时代使然，不可强也。但学者求其同，而后别其异；不宜伐其异，而不知其同耳。”其论“文贵参差”云：“天之生物，无一不偶，而无一齐者。故虽排比之文，亦以随势曲注为佳。”又云：“好文字与俗下文字相反，如行道者，一东一西，愈远则愈善。一欲巧，一欲拙；一欲利，一欲钝；一欲柔，一欲硬；一欲肥，一欲瘦；一欲浓，一欲淡；一欲艳，一欲朴；一欲松，一欲紧；一欲轻，一欲重；一欲秀令，一欲苍莽；一欲偶俪，一欲参差。夫拙者巧之至，非真拙；钝者利之至，非真钝也。”其论“文贵去陈言”云：“昌黎论文以去陈言为第一义。后人见为昌黎好奇，故云耳。不知作古文无不去陈言者。试观欧、苏诸公，曾直用前人一言否？”又云：“昌黎既云去陈言，又极言去之之难。盖经史诸子百家之文，虽读之甚熟，却不许用他一句。另作一番言语，岂不甚难！樊宗师墓志云：‘必出于己，不蹈前人一言一句，又何其难也！’正与‘戛戛乎其难哉’互相发明。”又云：“樊志铭云：‘惟古于词必己出，降而不能乃剽贼，后皆指前公相袭，自汉迄今用一律。’今人行文反以用古人成语自谓有出处，自矜典雅，不知其为袭也，剽贼也。”又云：“昔人谓杜诗、韩文无一字无来历。来历者，凡用一字二字必有所本也，非直用其语也。况诗与古文不同。诗可用成语，古文则必不可用。故杜诗多用古人句，而韩于经史诸子之文，只用一字，或至两字而止。若直用四字，知为后人之文矣。”又云：“大约文字是日新之物，若陈陈相因，安得不目为臭腐！原本古人意义，到行文时却须重加铸造一样言语，不可便直用古人，此为去陈言。未尝不换字，却不是换字法。”又云：“王元美（世贞）论东坡云：‘观其诗有学矣，似无才者；观其文有才矣，似无学者。’此元美不知文，而以陈言为学也。东坡诗，于前人事词无所不用，以诗可用陈言也；东坡文，于前人事词一毫不用，以文不可用陈言也。正可于此悟古人行文之法，与诗迥异，而元美见以为有学无学。夫一人之诗文，何以忽有学忽无学哉？由不知文，故其言如此。”又云：“元美所谓学者，正古人之文所唾弃而不屑用、畏避而不敢用者也。东坡之文，如太空浩气，何处可著一前言，以貌为学问哉？”又云：“昔人谓经对经、子对子者，皆诗赋偶俪八比之时文耳。若散体古文，则六经皆陈言也。”其论“行文最贵者品藻”云：“无品藻便不成文字，如曰浑、曰灏、曰雄、曰奇、曰顿挫、曰跌宕之类，不可胜数。然有神上事，有气上事，有体上事，有色上事，有声上事，有味上事，有识上事，有情上事，有才上事，有格上事，有境上事，须辨之甚明。”又云：“文章品藻最高者，曰雄，曰逸。欧阳子逸而未雄；昌黎雄处多，逸处少；太史公雄过昌黎，而逸处更多于雄处，所以为至。”

此外就诸家文境而比较言之者，如扬子云《法言·问神》篇云：“《虞》《夏》之书浑浑尔，《商书》灏灏尔，《周书》噩噩尔。”班孟坚《司马迁传赞》云：“自刘向、扬雄博极群书，皆称迁有良史之才，服其善序事理，辨而不华，质而不俚。其文直，其事核，不虚美，不隐恶，故谓之实录。”范蔚宗《班固传论》云：“迁文直而事核，固文赡而事详。若固之叙事不激诡，不抑抗，赡而不秽，详而有体，使读者亹亹而不厌，信哉其能成名也。”韩退之《进学解》云：“沉浸浓郁，含英咀华，作为文章，其书满家。上规姚姒，浑浑元涯；周《诰》殷《盘》，佶屈聱牙，《春秋》严谨，《左氏》浮夸，《易》奇而法，《诗》正而葩；下逮《庄》《骚》，太史所录，子云、相如，同工异曲。先生之于文，可谓宏其中而肆其外矣。”柳子厚《与杨京兆凭书》云：“博如庄周，哀如屈原，奥如孟轲，壮如李斯，峻如马迁，富如相如，明如贾谊，专如扬雄。”欧阳永叔《唐书·艺文志序》云：“六经之道，简严易直而天人备。其余作者，质之圣人，或离或合；然精深闳博，各尽其术，而怪奇伟丽，往往振发于其间。”苏明允《上欧阳内翰书》云：“孟子之文，语约而意尽，不为巉刻斩绝之言，而其锋不可犯。韩子之文，如长江大河，浑浩流转，鱼鼋蛟龙，万怪惶惑，而遏抑蔽掩，不使自露，而人望见其渊然之光，苍然之色，亦自畏避不敢迫视。执事之文，纡余委备，往复百折，而条达疏畅，无所间断，气尽语极，急言切论，而容与间易，无艰难劳苦之态。此三者皆断然为一家之文也。”又云：“李翱之文，其味黯然而长，其光油然而幽。陆贽之文，遣言措意，切近的当。”先姜坞府君《援鹑堂笔记》云：“文字笔瘦多奇，然自是小。如太史公不须如此。”又云：“昌黎雄处，每于一起一接，忽来忽止，不可端倪。宋六家及震川，俱犯呆蹇之病。”又云：“欧公文字玩其转调处，如美人转眼。”又云：“欧公每于将说未说处，吞吐抑扬作态，令人欲绝。”又云：“震川希心于欧、曾，如《见村楼记》中段烟 波生色处最佳。然‘予能无感乎’句，音韵轻促，不逮欧公。”永福吕月沧（璜）辑宜兴吴仲伦（德旋）《古文绪论》云：“古人善用疏，莫如《史记》；善学者莫如昌黎。看韩浓郁处皆能疏。柳州则有不能疏者。”又云：“《史记》诸表序笔笔唱叹，笔笔是竖的；欧阳文有唱叹者，多是横阔的。”刘融斋《艺概》云：“太史公文，韩得其雄，欧得其逸。雄者善用直捷，故发端便见出奇；逸者善用纡徐，故引绪乃觇入妙。”又曰：“昌黎之文如水，柳州之文如山。浩乎沛然，旷如奥如，二公殆各有会心。”又云：“介甫之文长于扫，东坡之文长于生。扫故高，生故赡。”又云：“昌黎文意思来得硬直，欧、曾来得柔婉。硬直见本领，柔婉正复见涵养也。”曾文正公《日记》云：“偶思古文古诗最可学者，占八句云：《诗》之节，《书》之括，《孟》之烈，韩之越，马之咽，《庄》之跌，陶之洁，杜之拙。”凡此所论，又皆精审坚确，非老于文学者不能言也。

神　理

《易·说卦传》云:“神也者，妙万物而为言者也。”《孟子·尽心》篇云:“夫君子所过者化，所存者神。”又云:“大而化之之谓圣，圣而不可知之之谓神。”此神妙、神化之说所由来也。文章亦有此境，必神足，辞乃无不达。此《说文》所以于“神”字云:“天神引出万物者也。”杜工部诗云:“文章有神交有道。”(《苏端薛复筵简薛华醉歌》)又云:“书贵瘦硬方通神。”(《李潮八分小篆歌》)其知之矣。《说文》于“理”字云:“治玉也。”盖玉既治，其文理始昭著。故引申之，凡事物之有条不紊者，皆谓之理。其在音乐，则《孟子·万章篇》所谓“始条理”“终条理”者是也。其在文章，则《荀子·非十二子》篇所谓“持之有故”“言之成理”者也。夫神必俟功候之足、兴会之到，而后臻焉，非可以著力为之。故《易·系辞传》云:“神无方而易无体。”又云:“阴阳不测之谓神。”若理则可以著力，故《说卦传》云:“穷理尽性以至于命。”此二者之分也。

大抵神妙神化之境，非可一蹴几，是有本原焉，有工力焉。考《易·系辞传》云:“尺蠖之屈，以求伸也；龙蛇之蛰，以存身也；精义入神，以致用也；利用安身，以崇德也。过此以往，未之或知也。穷神知化，德之盛也。”《礼记·孔子闲居》云:“清明在躬，志气如神；嗜欲将至，有开必先。天降时雨，山川出云。”此虽不专就文章言，而文章本原所在，固如是矣。《庄子·养生主》篇云：“庖丁为文惠君解牛，手之所触，肩之所倚，足之所履，膝之所踦，砉然响然，奏刀騞然，莫不中音，合于《桑林》之舞，乃中《经首》之会。（司马彪曰：“桑林，汤乐名；《经首》，咸池乐章也。”）文惠君曰：‘嘻，善哉！技盖至此乎？’庖丁释刀对曰：‘臣之所好者，道也；进乎技矣。始臣之解牛之时，所见无非全牛者；三年之后，未尝见全牛也。方今之时，臣以神遇而不以目视，官知止而神欲行。依乎天理，批大郤，导大窾（崔撰曰：“郤，间也。”司马彪曰：“窾，空也。”），因其固然，技经肯綮之未尝（陆德明曰：“肯，《说文》作肎，著骨肉也。”案：尝，试也。），而况大軱乎（向秀曰：“軱，戾大骨也。”）。良庖岁更刀，割也；族庖月更刀，折也。（崔骃曰：“族，众也。”）。今臣之刀十九年矣，所解数千牛矣，而刀刃若新发于硎（郭象曰：“硎，砥石也。”）。彼节者有间，而刀刃者无厚；以无厚入有间，恢恢乎其于游刃必有余地矣。是以十九年而刀刃若新发于硎。虽然，每至于族，吾见其难为，（郭象曰：“交错聚结为族。”），怵然为戒，视为止，行为迟，动刀甚微。謋然已解，如土委地。提刀而立，为之四顾，为之踌躇满志。善刀而藏之。’文惠君曰：‘善哉！吾闻庖丁之言，得养生焉。’”《达生》篇云：“仲尼适楚，出于林中，见痀偻者承蜩，犹掇之也。仲尼曰：‘子巧乎！有道邪？’曰：‘我有道也。五六月，累丸二而不坠，则失者锱铢（郭象曰：“累二丸于竿头，是用手之停审也。”）；累三而不坠，则失者十一；累五而不坠，犹掇之也。吾处身也，若厥株拘（案：《说文》：“株，木根也。”《山海经》郭注：“枸，根盘错也。”拘通枸。厥者，断木为杙也。）；吾执臂也，若槁木之枝；虽天地之大，万物之多，而惟蜩翼之知。吾不反不侧，不以万物易蜩之翼，何为而不得？’孔子顾谓弟子曰：'用志不分，乃凝于神。其痀偻老人之谓乎！'" 此虽不专就文章言，而文章工力所施，固如是矣。

此外如韩退之《送高闲上人序》云："苟可以寓其巧智，使机应于心，不挫于气，则神完而守固，虽外物至，不胶于心。"惜抱先生《古文辞类纂》评之云："机应于心，故物不胶于心；不挫于气，故神完守固。韩公此言，本自状所得于文事者；然以之论道亦然。"曾文正公《日记》云："机应于心，熟极之候也，《庄子·养生主》之说也；不挫于物，自慊之候也，《孟子·养气》章之说也。不挫于物者，体也，道也，本也；机应于心者，用也，技也，末也。韩子之于文，技也，进乎道矣。"又云："机者，无心遇之，偶然触之，姚惜抱谓'文王、周公系《易》，《彖》辞、《爻》辞，其取象亦偶触于其机。假令易一日而为之，其机之所触少变，则其辞之取象亦少异矣。'余尝叹为知言。神者人功与天机相凑泊，如卜筮之有繇辞，如《左传》诸史之有童谣，如佛书之有偈语，其义在可解不可解之间。古人有所托讽，如阮嗣宗之类，故作神语以乱其辞。唐人如太白之豪，少陵之雄，龙标（王昌龄官龙标尉）之逸，昌谷（李贺家于昌谷，今宜阳县地）之奇，及元、白、张（籍）、王（建）之乐府，亦往往多神到机到之语。即宋世名家之诗，亦皆人巧极而天工错，径路绝而风云通。盖必可与言机，可与言神，而后极诗之能事。"此数条发挥韩氏之意至透。而文正于神之外，更及于机，盖水到而渠乃成，机熟而神乃旺也。又刘海峰《论文偶记》云："行文之道，神为主，气辅之，气随神转。神浑则气灏，神远则气逸，神伟则气高，神变则气奇，神浑则气静。故神为气之主。"又云："文章最要气盛；然无神以主之，则气无附，荡乎不知其所归矣。"又云："神者气之主，气者神之用。"又云："神只是气之精处。"诸条亦可参观。

是以古人精神兴会之到，往往意在笔先。如周公作《无逸》，凡七更端，皆以“呜呼”发之。其后欧阳公作《五代史赞》，每篇亦如此。是皆有无穷之意，在于笔先，有不期然而然者。《史记·管晏列传》“管仲曰吾始困时”以下数行，《屈原贾生列传》“屈平疾王听之不聪也”以下数行，其喷薄而出亦然。又有意在笔外者，如《史记·伯夷列传》末，言“悲夫！闾巷之人，欲砥行立名者，非附青云之士，恶能施于后世哉！”正所以见己著《史记》之为功大也。《平原君虞卿列传赞》，既叙虞卿始智终困，忽作转语云“然虞卿非穷愁，亦不能著书以自见于后世”云，又所以寓己之感愤也。《平准书》末云：“烹弘羊天乃雨。”《魏其武安侯列传》末云：“上自魏其时不直武安，特为太后故耳。及闻淮南王金事，上曰：‘使武安侯在者，族矣。’”如此截然竟止，而余意无穷。若此者，皆神为之也。是以《文心雕龙·神思》篇云：“古人云：‘形在江海之上，心存魏阙之下。’神思之谓也。文之思也，其神远矣。故寂然凝虑，思接千载；悄焉动容，视通万里。吟咏之间，吐纳珠玉之声；眉睫之前，卷舒风云之色，其思理之致乎？故思理为妙，神与物游。神居胸臆，而志气统其关键；物沿耳目，而辞令管其枢机。枢机方通，则物无隐貌；关键将塞，则神有遁心。是以陶钧文思，贵在虚静，疏瀹五藏，澡雪精神。积学以储宝，酌理以富才，研阅以穷照，驯致以怿辞，然后使玄解之宰，寻声律而定墨；独照之匠，窥意象而运斤。”又云：“临篇缀虑，必有二患：理郁者苦贫，辞溺者伤乱。然则博见为馈贫之粮，贯一为拯乱之药，博而能一，亦有助乎心力矣。若情数诡杂，体变迁贸，拙辞或孕于巧义，庸事或萌于新意，视布于麻，虽云未费，杼轴献功，焕然乃珍。至于思表纤旨，文外曲致，言所不追，笔固知止。至精而后阐其妙，至变而后通其数，伊挚不能言鼎，轮扁不能语斤，其微矣乎！”

若夫理之在天下，无论见于事，寓于物，皆赖文以明之。昔《宋史·文苑传》载张文潜（耒）尝著论云：“自六经以下，至于诸子、百氏、骚人、辨士论述，大抵皆将以为寓理之具也。故学文之端，急于明理。如知文而不务理，求文之工，未尝有也。夫决水于江、河、淮、海也，顺道而行，滔滔汩汩，日夜不止，冲砥柱，绝吕梁，放于江湖而纳之海，其舒为沦涟，鼓为波涛，激之为风飚，怒之为雷霆，蛟龙鱼鳖，喷薄出没，是水之奇变也。水之初岂若是哉？顺道而决之，因其所遇而变生焉。沟渎东决而西竭，下满而上虚，日夜激之，欲见其奇，彼其所至者，蛙蛭之玩耳。江、河、淮、海之水，理达之文也，不求奇而奇至矣。激沟渎而求水之奇，此无见于理，而欲以言语句读为奇，反复咀嚼，卒亦无有，文之陋也。”苏子瞻《与张嘉父书》云：“若著成一家之言，当且博观而约取，如富人之筑大第，储其材用，既足而后成之，然后为得也。”魏叔子《宗子发文集序》云：“今天下治古文者众矣。好古者株守古人之法，而中一无所有，其弊为优孟之衣冠；天资卓荦者师心自用，其弊为野战无纪之师，动而取败。蹈是二者，而主以自满假之心，辅以流俗谀言，天资学力所至，适足助其背驰，乃欲卓然并立于古人，呜呼难哉！虽然，师心自用，其失易明；好古而终无所有，其故非一二言尽也。吾则以为养气之功，在于集义；文章之能事，在于积理。今夫文章，六经四书而下，周秦诸子两汉百家之书，于体无所不备。后之作者，不至此则至彼。而唐、宋大家，则又取其书之精者，参和杂糅，熔铸古人以自成，其势必不可以更加。故自诸大家后，数百年间，未有一人独创格调，出古人之外者。然文章格调有尽，天下事理日出而不穷。识不高于庸众，事理不足关系天下国家之故，则虽有奇文，与《左》、《史》、韩、欧阳并立无二，亦可无作。古人具在，而吾徒似之，不过古人之再见，顾必多其篇牍，以劳苦后世耳目，何为也？且夫理固非取办临文之顷，穷思力索，以求其必得。钟太傅（繇）学书法日，每见万汇皆画象之。韩退之称张旭书变动犹鬼神，不可端倪，天地事物之变，可喜可愕，一寓于书。人生平耳目所见闻，身所经历，莫不有其所以然之理。虽市侩、优倡、大猾、逆贼之情状，灶婢、丐夫、米盐凌杂鄙亵之故，必皆深思而谨识之，酝酿蓄积，沉浸而不轻发；及其有故临文，则大小深浅，各以类触，沛乎若决陂池之不可御。譬之富人积财，金玉、布帛、竹头、木屑、粪土之属，无不预贮，初不必有所用之；而当其必需，则粪土之用，有时与金玉同功。”曾文正《日记》云：“凡作诗文，有情极真挚，不得不一倾吐之时。然亦须平日积理既富，不假思索，左右逢源，其所言之理，足以达胸中至真至正之情。作文时无镌刻字句之苦，文成后无郁塞不吐之情，皆平日读书积理之功也。若平日酝酿不深，则虽有真情欲吐，而理不足以达之，不得不临时寻思义理；义理非一时所可取办，则不得不求工于字句。至于雕饰字句，则巧言取悦，作伪日拙。所谓‘修辞立诚’者，荡然失其本旨矣。”所论皆极透切。

虽然积理固文学家要务，但观洪景卢《容斋四笔》载：“江阴葛延之，元符间省苏公于儋耳，请作文之法。公诲之曰：‘儋州虽数百家之聚，而州人之所须，取之市而足。然不可徒得也，必有一物以摄之，然后为己用。所谓一物者，钱是也。作文亦然。天下之事，散在经子史中，不可徒使，必得一物以摄之，然后为己用。所谓一物者，意是也。不得钱不可以取物，不得意不可以用事。此作文之要也。’葛拜其言而书诸绅。”然则理虽积之于书，而意则摄之于我。既有意矣，又必有术以行之，然后能执简御繁，化腐为奇。是以《论文偶记》云：“作文专以理为主，则未尽其妙。盖人不穷理读书，则出辞鄙倍空疏；人无经济，则其言累牍不适于用。故义理、书卷、经济者，行文之实。

若行文自是另一事，譬大匠操斤，无土木材料，纵有成风尽垩手段，何处施设？然有土木材料不善施设者甚多，终不可为大匠。故文者，大匠也；神气音节者，匠人之能事也；义理、书卷、经济者，匠人之材料也。”又云：“作文本以明义理、适世用，而明义理、适世用，必有待于文人之能事。”又云：“唐、虞记载，必待史臣；孔门贤杰甚众，而文学独称子游、子夏。可见自古文事相传，必有个能事在。”惜抱先生《与陈硕士书》云：“所作《南池文集序》，论学太涉门面气。凡言理不能改旧，而出语必要翻新。佛氏之教，六朝人所说，皆陈陈耳；达摩一出，翻尽窠臼，然理岂有二哉！但能搬陈语，便了无意味。移此意以作文，便亦是妙文矣。”方植之《昭昧詹言》云：“屈子、杜公，时出见道语”“然惟于旁见侧出”处露之，故佳。“若实用于正面，则似传注语录而腐矣。或即古人指点，或即事指点，或即物指点，愈不伦不类，愈妙远不测”。此则又皆论所以谈理之方法云。

气　味

《说文》云:“气，云气也。”盖阴阳二气交感，莫著于云。人身之呼吸，犹云之卷舒。《孟子》曰:“气，体之充也。”(《公孙丑》)《管子》曰:“气，身之充也。”(《心术》)《淮南子》曰:“气，生之充也。”(《原道》)皆即人身言之。夫人之气，言语其著焉者也。文章又言语之精也，故以气为重。《说文》又云:“味，滋味也。”而于“滋”云:“益也。”盖有味乃含咀靡尽。文章无气无以行之，无味无以永之。此二者之分也。

自孟子有养气之语，而王充《论衡·自纪》篇亦言之。然以气论文，实始于魏文帝《典论》，其说云:“文以气为主。气之清浊有体，不可力强而致，譬诸音乐，曲度虽均，节奏同检(《文选》注引《苍颉》篇:“检，法度也。”)，至于引气不齐，巧拙有素，虽在父兄，不能以移子弟。”又云:“徐干时有齐气”，孔融“体气高妙”。其《与吴质书》云:“公干有逸气，但未遒耳。”自是以后，刘彦和《文心雕龙·风骨篇》云:“怊怅述情，必始乎风；沉吟铺辞，莫先于骨。故辞之待骨，如体之树骸；情之含风，犹形之包气。结言端直，则文骨成焉；意气骏爽，则文风清焉。若丰藻克赡，风骨不飞，则振采失鲜，负声无力。是以缀虑裁篇，务盈守气，刚健既实，辉光乃新。其为文用，譬征鸟之使翼也。故炼于骨者，析辞必精；深乎风者，述情必显。捶字坚而难移，结响凝而不滞，此风骨之力也。若瘠义肥辞，繁杂失统，则无骨之征也；思不环周，索莫乏气，则无风之验也。”又云：“夫翚翟备色，而翾翥百步，肌丰而力沉也；鹰隼乏采，而翰飞戾天，骨劲而气猛也。文章才力，有似于此。若风骨乏采，则鸷集翰林；采乏风骨，则雉窜文囿。唯藻耀而高翔，固文笔之鸣凤也。”《养气》篇云：“夫学业在勤，功庸弗怠，故有锥股自励、和熊以苦之人。志于文也，则申写郁滞，故宜从容率情，优柔适会；若销铄精胆，蹙迫和气，秉牍以驱龄，洒翰以伐性，岂圣贤之素心，会文之直理哉！且夫思有利钝，时有通塞，沐则心覆，且或反常，神之方昏，再三愈黩。是以吐纳文艺，务在节宣，清和其心，调畅其气，烦而即舍，勿使壅滞。意得则舒怀以命笔，理伏则投笔以卷怀。逍遥以针劳，谈笑以药倦，常弄闲于才锋，贾余于文勇，使力发如新，腠理无滞，虽非胎息之迈术，斯亦卫气之一方也。”此论气之有关于文与所以无耗损之者，皆得要领。若《颜氏家训·文章》篇云：“凡为文章，犹人乘骐骥，虽有逸气，当以衔勒制之，勿使流乱轨躅，放意填坑堑也。”此则欲人敛才就范。盖文有逸气，本不易得，若以衔勒制之，则遒矣。及韩退之论文，复同此旨，其答李翱书云：“气，水也；言，浮物也。水大而物之浮者大小毕浮。气之与言犹是也，气盛则言之长短与声之高下皆宜。”苏子瞻因王定国未契退之孟郊墓铭“以昌其诗”之语，答之以诗云：“昌身如饱腹，饱尽还当饥；昌诗如膏面，为人作容姿。不如昌其气，郁郁老不衰。虽云老不衰，劫坏安所之？不如昌其志，志一气自随。养之塞天地，孟轲不吾欺。”又作《潮州韩文公庙碑》，亦引孟子养气之言，以为“是气也，寓于寻常之中，而塞乎天地之间。韩文公起布衣，谈笑而麾之，天下靡然从公，复归于正。盖三百年于此矣。岂非参天地，关盛衰，浩然而独存者乎？”苏子由《上枢密韩太尉书》云：“辙生好为文，思之至深，以为文者气之所形。然文不可以学而能，气可以养而致。孟子曰：‘我善养吾浩然之气。’今观其文章，宽厚宏博，充乎天地之间，称其气之大小。太史公行天下，周览四海名山大川，与燕赵间豪俊交游，故其文疏宕，颇有奇气。此二子者，岂尝执笔学为如此之文哉？其气充乎其中而溢乎其貌，动乎其言而见乎其文，而不自知也。”刘海峰《论文偶记》云：“今粗示学者：古人行文至不可阻处，便是他气盛。非独一篇为然，即一句有之。古人下一语，如山崩，如峡流，觉拦挡不住，其妙只是个直的。”又云：“气最要重。予向谓文须笔轻气重，善矣，而未至也。要得气重，须是字句下得重。此最上乘，非初学拙笨之谓也。”又云：“文法至钝拙处，乃为极高古之能事。非真拙钝也，乃古之至耳。古来能此者，史迁尤为独步。”又云：“古人云：‘文以气为主，气不可以不贯；鼓气以势壮为美，而气不可以不息。’此语甚好。”又云：“论气不论势，不备。”惜抱先生《与陈硕士书》云：“欲得笔势痛快，一在力学古人，一在涵养胸趣。夫心静则气自生矣。”曾文正公《日记》云：“古文之法，全在气字上用工夫。”又云：“夜温《长杨赋》，于古人行文之气，似有所得。”又云：“温韩文数篇，若有所得。古人之不可及，全在行气，如列子之御风；不在义理字句间也。”又云：“为文全在气盛。欲气盛，全在段落清。每段分束之际，似断不断，似咽非咽，似吞非吞，似吐非吐，古人无限妙境，难于领取。每段张起之际，似承非承，似提非提，似突非突，似纾非纾，古人无限妙用，亦难领取。”又云：“奇辞大句，须得瑰玮飞腾之气驱之以行。凡堆重处皆化为空虚，乃能为大篇，所谓气力有余于文之外也。否则，气不能举其体矣。”方植之《昭昧詹言》云：器物中或“有形无气”“亦供世用，而不可以例诗文”。“诗文者，生气也。若纸满如剪彩雕刻，无生气，乃应试馆阁体耳，于作家无分。”据此可知无论诗文，未有气不盛而能工者也。

虽然，气之最上者曰元气。归震川《项思尧文集序》所谓“文章天地之气，得之者其气直与天地同流”是也。六经尚矣。后世文家据王厚斋《困学纪闻》云：“李义山谓昌黎文若元气。王荆公谓少陵诗与元气侔。惟杜、韩足以当之。其他或为敦厚之气，或为严凝之气，虽不能无偏，要皆真气也，生气也。所忌者为客气。盖客气非伪即滑。”先姜坞府君《援鹑堂笔记》谓：“柳州《论钟乳书》，从李斯《谏逐客书》来。然如中段设采奇丽处，李则随意挥斥，不露圭角，而葩艳陆离；柳则似有意搜用奇怪，费气力摸拟，而筋骨呈露。”此惧其伪也。惜抱先生《与先石甫府君书》云：“大抵文章之妙，在驰骤中有顿挫，顿挫中有驰骤。若但有驰骤，即成剽滑，非真驰骤。”此惧其滑也。

至于文章之有味，其本原有二：一在积理，一在阅事。苟积理富，阅事多，自然醰醰有味。而辅助亦在声色。《昭昧詹言》云：王厚斋谓苏子由评文辄云“不带声色”。“何义门（焯）曰：‘不带声色，则有得于经矣。’”“此二说有得有失，须善参之”。“如《唐书》论韩休之文，‘如太羹元酒，有典则而薄滋味’。窃谓经者道之腴也，其味无穷，何止‘但有典则’！矧经亦自有极其声色者在也”。予因是思东坡尝评韩、柳诗云：“子厚诗在陶渊明下，韦苏州上。退之豪放奇险则过之，而温丽清深不及也。所贵乎枯淡者，谓其外枯而中膏，似淡而实美，渊明、子厚之流是也。若中边皆枯淡，亦何足道？佛云‘如人食蜜，中边皆甜，人食五味，知其甘苦’者皆是。能分别其中边者，百无一二也。”据此，则陶、柳之诗，其平淡处，且非真枯，而况六经哉！

且夫味之为说，亦非一二言所能尽矣。孔子曰：“人莫不饮食也，鲜能知味也。”（《中庸》）正以其难领会耳。是故古人有曰“厚味”者，以其腴也。斯之谓有“意味”，亦曰有“义味”，如《孟子》“舜往于田”以下数章之论孝，“富岁子弟多赖”“牛山之木”“鱼我所欲”各章之论心，《荀子·劝学》篇之论学，《韩非子·孤愤》《五蠹》各篇之论事，沉挚痛快，此其一也。又有曰“深味”者，以其永也。斯之谓有“风味”，亦曰有“韵味”。此其妙惟《诗》之《风》《雅》得之为多。昔人论《芣苢》诗：“凡三章，章四句，总之为四十八字，内用‘采采’凡十三，‘芣苢’字凡十二，‘薄言’字凡十二，除为语助者，才余五字耳。而叙情委曲，从事始终，与夫经行道途，招徽俦侣，以相容与之意，蔼然可掬。天下之至文也。”（陆氏深说）又论《灵台》篇云：“‘庶民子来’，民之太和；‘麀鹿攸伏’‘于牣鱼跃’，物之太和；‘于论鼓钟’‘于乐辟痈’，君臣之太和。所谓太和在成周宇宙间也。’（王氏志长说）其揄扬盛美，可谓至矣。又有抒怀旧之蓄念，发思古之幽情者，如《风》《雅》中所谓“陈古风今”者皆是。后世如诸家乐府，亦有斯意。而唐末韦端已（庄）《长安清明》诗云：“早是伤春梦雨天，可堪芳草正芊芊。内官初赐清明火，上相间分白打钱。（案：《春明退朝录》：“唐时清明取榆柳火以赐近臣戚里。”《蹴踘谱》：“曳开大踢名白打。”）紫陌乱嘶红叱拨，绿杨高映画秋千。游人记得承平事，暗喜风光似昔年。”惜抱先生《五七言今体诗钞》评之曰：“伤乱而作此，故佳。若正序承平，而为是语，则无味矣。”若此者，亦其一也。又有曰“异味”者，以其奇也。斯之谓有“兴味”，亦曰有“趣味”。如《庄子》之谬悠荒唐，屈子托云龙，说迂怪，丰隆求宓妃，鸩鸟媒娀女，皆诡异之辞；康回倾地，夷羿彃日，木夫九首，土伯三目，亦谲怪之谈；士女杂坐，乱而不分，指以为乐，娱酒不废，沉湎日夜，举以为欢，更荒淫之意。凡此皆所以抒其感愤。扬、马之词赋，太史公之纪、传、表、志，世家言，曹、阮之诗，韩、柳之文，亦往往如此。曾文正《家训》论退之五古云："其中有怪奇可骇处，如咏落叶则曰：'谓是夜气灭，望舒贯其圆。'咏作文则曰：'蛟龙弄角牙，造次欲手揽。'有诙谐可笑处，如咏登科则曰：'侪辈妒且热，喘如竹筒吹。'咏苦寒则曰：'羲和送日出，恇怯频窥觇。'必从此等处用心，乃可以长才力，添风趣。"其在近体，如子厚咏黄柑云："若教坐待城林日，滋味还堪养老夫。"子瞻咏荔枝云："日啖荔枝三百颗，不妨长作岭南人。"皆因迁谪而故作诙谐之语，亦其类也。昔《文心雕龙·隐秀》篇云："深文隐蔚，风味曲包。"司空表圣自论其诗，以为"得味外味"。又《与李秀才书》云：梅"止于酸"，盐"止于咸"，而其美常在"酸咸之外。"学者苟知此意，庶几言近指远，而不致遗后人以覆瓿之讥也夫。

格　律

《说文》:“格，木长皃。”曾文正公《笔记》云:“凡木之两枝相交而午错者，谓之格。以其枝条交互，故有相交之义焉；以其两枝禁架，故有相拒之义焉；以其长条直畅疏密成理，故又有规制整齐之义焉。是三者皆从本义引申之者也。凡经史中训‘格’为‘至’为‘来’者，皆相交之义；其曰‘格斗’，曰‘扞格’，曰‘废格’，曰‘沮格’之类，皆相拒之义。至于枝格相交，长短合度，疏密停匀，俨然若有规矩，木工为窗格，即取象于此。曰‘体格’，曰‘风格’，曰‘格律”，曰‘格式’，皆从此而引申之。故《家语》《礼记注》并训‘格’为‘法’。”案此条论格字至详。《说文》又曰:“律，均布也。”今由“均布”二字思之，如曰“音律”，曰“纪律”，曰“刑律”，总之皆“均布”也，皆“法”也。故《尔雅·释诂》亦训“律”为“法”。但“格”“律”二者虽同训，但“格”者导之如此，“律”者戒之不得如彼，此其分也。

大抵文章一类有一类之格。魏文帝《典论》云:“奏议宜雅，书论宜理，铭诔尚实，诗赋欲丽。”陆士衡《文赋》云:“诗缘情而绮靡，赋体物而浏亮，碑披文以相质，诔缠绵而凄怆，铭博约而温润，箴顿挫而清壮，颂优游以彬蔚，论精微而朗畅，奏平彻以闲雅，说炜烨而谲诳。”刘彦和《文心雕龙·定势》篇云：“章表奏议，准的乎典雅；赋颂歌诗，则仪乎清丽；符檄书移，楷式乎明断；史论序注，师范乎核要，箴铭碑诔，体制乎宏深；连珠七辞，从事乎巧艳。”《昭明文选序》云，诗有六义，其二曰“赋”。“今之作者，异乎古昔，古诗之体，今则全取赋名。”诗“自炎汉中叶，四言五言，区以别矣。又少则三字，多则九言。颂者，所以游扬德业，褒赞成功。箴兴于补阙，戒出于弼匡，论则析理精微，铭则序事清润，美终则诔发，图像则赞兴。又：诏诰教令之流，表奏笺记之列，书誓符檄之品，吊祭悲哀之作，答客指事之制，三言八字之文，篇辞引序，碑碣志状，众制锋起，源流间出。譬陶匏异器，并为入耳之娱；黼黻不同，俱为悦目之玩。”此皆总论各类者也。若举各类而分论之者，如《文心雕龙·诠赋》篇云：“原夫登高之旨，盖睹物兴情。情以物兴，故义必明雅；物以情观，故词必巧丽。丽词雅义，符采相胜，如组织之品朱紫，画绘之著玄黄，文虽新而有质，色虽糅而有本。此立赋之大体也。然逐末之俦，蔑弃其本，虽读千赋，愈惑体要；遂使繁华损枝，膏腴害骨，无贵风轨，莫益劝戒，此扬子所以追悔于雕虫，贻诮于雾縠者也。”《颂赞》篇云：“原夫颂惟典雅，辞必清铄，敷写似赋，而不入华侈之区；敬慎如铭，而异乎规戒之域；揄扬以发藻，汪洋以树义。唯纤曲巧致，与情而变。其大体所底，如斯而已。”又云：本赞之为义，“事生奖叹。所以古来篇体，促而不广，必结言于四字之句，盘桓乎数韵之辞；约举以尽情，昭灼以送文，此其体也。发源虽远，而致用盖寡，大抵所归，其颂家之细条乎”。《铭箴》篇云：“夫箴诵于官，铭题于器，名目虽异，而警戒实同。箴全御过，故文资确切；铭兼褒赞，故体贵弘润。其取事也，必核以辨；其摛文也，必简而深。此其大要也。”《诔碑》篇云：“详夫诔之为制，盖选言录行，传体而颂文，荣始而哀终。论其人也，暧乎若可觌；道其哀也，凄焉如可伤。此其旨也。”又云：“夫属碑之体，资乎史才。其序则传，其文则铭。标序盛德，必见清风之华；昭纪鸿懿，必见俊伟之烈。此碑之制也。”《哀吊》篇云：“原夫哀辞大体，情主乎痛伤，而辞穷乎爱惜。幼未成德，故誉止于察惠；弱不胜务，故悼加乎肤色。隐心而结文则事惬；观文而属心则体奢。奢体为辞，则虽丽不哀；必使情往会悲，文来引泣，乃其贵耳。”又云：“夫吊虽古义，而华辞未造；华过韵缓，则化而为赋。固宜正义以绳理，昭德而塞违，剖析褒贬，哀而有正，则无夺伦矣。”《论说》篇云：“原夫论之为体，所以辨正然否。穷于有数，追于无形，迹坚求通，钩深取极，乃百虑之筌蹄，万事之权衡也。故其义贵圆通，辞忌枝碎，必使心与理合，弥缝莫见其隙；辞共心密，敌人不知所乘。斯其要也。是以论如析薪，贵能破理。斤利者，越理而横断；辞辨者，反义而取通。览文虽巧，而检迹如妄。唯君子能通天下之志，安可以曲论哉！”又云：“凡说之枢要，必使时利而义贞；进有契于成务，退无阻于荣身。自非谲敌，则唯忠与信。披肝胆以献主，飞文敏以济辞，此说之本也。”《诏策》篇云：“夫王言崇秘，大观在上，所以百辟其型，万邦作孚。故授官选贤，则义炳重离之辉；优文封策，则气含风雨之润；刺戒恒诰，则笔吐星汉之华；治戎燮伐，则声有洊雷之威；眚灾肆赦，则文有春露之滋；明罚敕法，则辞有秋霜之烈。此诏策之大略也。”《檄移》篇云：“凡檄之大体，或叙此休明，或叙彼苛虐，指天时，审人事，算强弱，角权势，标蓍龟于前验，悬鞶鉴于已然，虽本国信，实参兵诈。谲诡以驰旨，炜烨以腾说。凡此众条，莫或违之者也。故其植义扬辞，务在刚健。插羽以示迅，不可使辞缓；露版以宣众，不可使义隐，必事昭而理辨，气盛而辞断，此其要也。”“故檄移为用，事兼文武。其在金革，则逆党用檄，顺命资移，所以洗濯民心，坚同符契，意用小异，而体义大同。”《章表》篇云：“原夫表章之为用也，所以对扬王庭，昭明心曲。既其身文，且亦国华。章以造阙，风矩应明；表以致禁，骨采宜耀。循名课实，以章为本者也。是以章式炳贲，志在《典》《谟》，使要而非略，明而不浅。表体多包，情伪屡迁。必雅义以扇其风，清文以驰其丽。然恳恻者辞为心使，浮侈者情为文屈。繁约得正，华实相胜，唇吻不滞，则中律矣。”《奏启》篇云：“夫奏之为笔，固以明允笃诚为本，辨析疏通为首，强志足以成务，博见足以穷理，酌古御今，治繁总要，此其体也。若乃按劾之奏，所以明宪清国……术在纠恶，势必深峭。”启者……用兼表奏。陈政言事，既奏之异条；让爵谢恩，亦表之别干。必敛饬入规，促其音节，辨要轻清，文而不侈，亦启之大略也。”《议对》篇云：“夫动先拟议，明用稽疑，所以敬慎群务，弛张治术。故其大体所资，必枢纽经典。采故实于先代，观通变于当今；理不谬摇其枝，字不妄舒其藻。又郊祀必洞于礼，戎事必练于兵，田谷先晓于农，断讼务精于律。然后标以显义，约以正辞。文以辨洁为能，不以繁缛为巧；事以明核为美，不以深隐为奇。此纲领之大要也。”又云：“夫驳议偏辨，各执异见；对策揄扬，大明治道。使事深于政术，理密于时务。酌三、五以熔世，而非迂缓之高谈；驭权变以拯俗，而非刻薄之伪论；风恢恢而能远，流洋洋而不溢，王庭之美对也。”《书记》篇云：“详总书体，本在尽言。言以散郁陶、托风采，故宜条畅以任气，优柔以怿怀。文明从容，亦心声之献酬也。”又云：“原笺记之为式，既上窥乎表，亦下睨乎书，使敬而不慑，简而无傲。清美以惠其才，彪蔚以文其响，盖笺记之分也。”此外，如曾文正评昌黎《殿中少监马君墓志铭》云：“凡志墓之文，惧千百年后谷迁陵改，见者不知谁氏之墓，故刻石以文告之，语气须是对不知谁何之人说话。此文少乖。”又评《虢州司户韩府君墓志铭》云：“凡墓志之文，以告后世不知谁何之人，其先人有可称则称之，无可称则不著一语，可也。此文合法。”学者合观之，可以知门类之宜辨矣。

又一篇有一篇之格。盖欲谋篇，必制局；欲制局，必立格。故刘彦和《文心雕龙·附会》篇云：“凡大体文章，类多枝派。整派者依源，理枝者循干。是以附辞会义，务总纲领，驱万涂于同归，贞百虑于一致。使众理虽繁，而无倒置之乖；群言虽多，而无棼丝之乱。扶阳而出条，顺阴而藏迹，首尾周密，表里一体。此附会之术也。夫画者谨发而易貌，射者仪毫而失墙，锐精细巧，必疏体统。故宜诎寸以信尺，枉尺以直寻，弃偏善之巧，学具美之绩。此命篇之经略也。”曾文正《日记》亦云：“古文之道，谋篇布势，是一段最大工夫。《书经》《左传》每一篇空处较多，实处较少；旁面较多，正面较少。精神注于眉宇、目光；不可周身皆眉、到处皆目也。线索要如蛛丝马迹；丝不可过粗，迹不可太密也。”又云：“古文之道，布局须有千岩万壑重峦复嶂之观。不可一览而尽，又不可杂乱无纪。”又《笔记》云：“友人钱塘戴醇士熙尝谓余言：‘李伯时画七十二贤像，全在鼻端一笔。面目精神，四肢百体，衣褶靴纹，皆与其鼻端相准相肖。或端拱而凝思，或欹斜以取势，或若列仙古佛之殊形，或若鳞身蛇躯之诡趣，皆自其鼻端一笔以生变化，而卒不离其宗。’国藩以谓斯言也，可通于古文之道。夫古文亦自有气焉，有体焉。今使有人于此，足反居上，首顾居下，一胫之大几如腰，一指之大几如股，则见者谓之不成人。又或颐隐于齐，肩高于顶，五官在上，两髀为胁，则见者亦必反面却走。为文者或无所专注，无所归宿，漫衍而不知所裁，气不能举其体，则谓之不成文。故虽长篇巨制，其精神意气之所在，必有所谓鼻端之一笔者，譬若水之有干流，山之有主峰，画龙者之有睛。物不能两大，人不能两首，文之主意亦不能两重。专重一处，而四体停匀，乃始成章耳。”学者合观之，亦可以知章法之宜求矣。

若夫古今文学家之戒律，则尤有可胪陈者。《易·系辞传》云：“将叛者其辞惭，中心疑者其辞枝，吉人之辞寡，躁人之辞多，诬善之人其辞游，失其守者其辞屈。”此孔子之戒律也。《论语·泰伯》篇云：“出辞气，斯远鄙倍矣。”此曾子之戒律也。《孟子·公孙丑》篇云：“诐辞知其所蔽，淫辞知其所陷，邪辞知其所离，遁辞知其所穷。”此孟子之戒律也。《史记·五帝本纪赞》云：“百家言黄帝，其辞不雅驯，荐绅先生难言之。”此太史公之戒律也。《法言·吾子》篇云：“诗人之赋丽以则，辞人之赋丽以淫。”此扬子云之戒律也。《典论》云：“常人贵远贱近，向声背实，又患暗于自见，谓己为贤。”此曹子桓之戒律也。《文赋》云：“每自属文，尤见其情。恒患意不称物，文不逮意。”又云：“虽杼轴于予怀，怵他人之我先。苟伤廉而愆义，亦虽爱而必捐。”此陆士衡之戒律也。他若韩退之《答李翊书》云：“无望其速成，无诱于势利。”又云：“惟陈言之务去。”柳子厚《报袁君陈秀才避师名书》云：“秀才志于道，慎勿怪，勿杂，勿务速显。”欧阳永叔《答吴充秀才书》云：“盖文之为言，难工而可喜，易悦而自足。世之学者，往往溺之，一有工焉，则曰：‘吾学足矣。’甚者至弃百事不关于心，曰：‘吾文士也，职于文而已。’此其所以至之鲜也。”朱子《语类》论文：忌意凡思缓，忌软弱，忌没紧要，忌不仔细，忌辞意一直无余，忌浮浅，忌不稳，忌絮，忌巧，忌昧晦，忌不足，忌轻，忌薄，忌冗。方望溪评沈椒园（廷芳）文云：“南宋、元、明以来，古文义法不讲久矣，吴越间遗老尤放恣，或杂小说，或沿翰林旧体，无一雅洁者。古文中不可入语录中语，魏晋六朝人藻丽俳语，汉赋中板重字法，诗歌中隽语，南北史佻巧语。”又《答程夔州书》云：“凡为学佛者传记，用佛氏语则不雅，子厚、子瞻皆以兹自瑕。至明钱受之则直如涕唾之令人嗀矣。”吕月沧辑吴仲伦《古文绪论》云：“国初如汪尧峰文，诗话、尺牍气尚未去净，方望溪乃尽净矣。诗赋字虽不可有，但如汉赋字句，用亦何妨？惟六朝绮靡，乃不可也。正史字句亦自可用；如《世说新语》太隽者则近乎小说矣。公牍字句亦不可阑入，此等处须详辨之。”惜抱先生与先石甫府君书云：“凡作古文，须知古人用意冲澹处，忌浓重，譬如举万钧之鼎，如一鸿毛，乃文之佳境；有竭力之状，则入俗矣。”曾文正《复陈右铭太守书》云：“仆昔好观古人文章，私立禁约，以为有必不可犯者，而后其法严，而道始尊。太抵剽窃前言，句摹字拟，是为戒律之首。称人之善，依于庸德，不宜褒扬溢量，动称奇行异征，邻于小说诞妄者之所为；贬人之恶，又加慎焉。一篇之内，端绪不宜繁多，譬如万山磅薄，必有主峰；龙衮九章，但挈一领。否则首尾冲决，陈义芜杂，滋足戒也。识度曾不异人，或乃竞为僻字涩句，以骇庸众，斫自然之元气，斯又才士之所同蔽，戒律之所必严。”又《茗柯文编序》云：“盖文章之变多矣。高才者好异不已，往往造为瑰玮奇丽之辞，仿效汉人赋颂，繁声僻字，号为复古，曾无才力气势以驱使之，有若附赘悬疣，施胶漆于深衣之上，但觉其不类耳。叙述朋旧，状其事迹，动称卓绝，若合古今名德至行，备于一身，譬之画师写真，众美毕具，伟则伟矣，而于其所图之人，固不肖也。”以上所论，皆谈戒律所不可不知者。

至于文之当作与否，古人亦极不苟。如黄山谷《与人书》云：“往年欧阳文忠公作《五代史》，或作序记其前，王荆公见之曰：‘佛头上岂可著粪？’窃深叹息以为名言。”顾亭林《日知录》云：“唐杜牧《答庄充书》曰：‘自古序其文者，皆后世宗师其人而为之。今吾与足下并生今世，欲序足下未已之文，固不可也。’”读此言，今之好为人序者，可以止矣。娄坚《重刻长庆集序》曰：“凡刻本传既久，或漫漶不可读，有缮写而重刻之者，则人复序之，是宜叙所以刻之意，可也。而今之述者，非追论昔贤，妄为优劣之辨；即过称好事，多设游扬之辞。皆我所不取。”读此言，今之好为古人文集序者，可以止矣。又《与友人书》云：“中孚（李颙）为其先妣求传再三，终已辞之。盖止一人一家之事，而无关于经术政理之大，则不作也。韩文公文起八代之衰，若但作《原道》《原毁》《争臣论》《平淮西碑》《张中丞传后序》诸篇，而一切铭状，概为谢绝，则诚近代之泰山北斗矣；今犹未敢许也。”汾阳侯仲辂（七乘）论文章不可苟作云：“艾东乡（南英）谓陈大士（际泰）许人一文，当如许人一女，不可草率。其识高于世人远甚。昔朱晦庵尝言：‘陆放翁能太高，迹太近，恐为有力者牵去，不得全其晚节。’其后放翁再出，果为韩侂胄作南园、阅古泉记，见讥清议。《元史》：姚燧尝以所作就正许衡，衡赏其辞而戒之曰：‘文章先有一世之名，何以应人之见役？非其人而与之，与非其人而拒之，皆罪也。’”盖语言文字，人品攸关，斯言之玷，驷马难追。如陶谷悔作禅诏，孔文仲悔作伊川弹文，朱文公悔作紫岩（张浚）墓碑，姚雪坡悔作《秋壑记》，李西涯悔作《佐明宫记》。与其悔之于后，何如慎之于先？韩、柳、欧公于志传皆不轻作。子瞻生平铭墓止五人，皆盛德，若富郑公（弼）、司马温公、赵清献公（抃）、范蜀公（温）、张文定公（方平）也。此外，赵康靖公（概）、滕元发（甫）二铭，亦代文定所为者。在翰林，诏撰赵瞻神道碑，亦辞不作。李治曰：“文章有不当为者五：苟作，一也；徇物，二也；欺心，三也；蛊俗，四也；不可示子孙，五也。噫！是道也，自蔡伯喈以来，已不免有惭德矣。”鄞县全谢山（祖望）《文说》云：“扬子云《美新》，贻笑千古。余如退之《上宰相书》《潮州谢上表》《祭裴中丞文》《京兆尹李实墓铭》，放翁阅古泉、南园记、《西山建醮青词》，皆为白圭之玷。放翁二记，虽有微辞，然不如不作之为愈。儒者之为文也，其养之当如婴儿，其卫之当如处女。”太原阎百诗（若璩）《潜邱札记》云：“竟陵钟伯敬（惺）有《武夷山记》，考其时乃丁忧去职，枉道而为此。昔二苏居丧，禁断诗文，再期之内，不著一字，陆文安（九渊）称为知礼。夫登山何事？闻讣何时？而竟优游为之耶？”诸家所论，尤文学家座右铭也。

声　色

《诗·大雅·皇矣》篇云:“不大声以色。”《中庸》申之曰:“声色之于以化民,末也。”夫声色为末,则道为本矣。然道舍声色亦无由昭著,故惜抱先生与先石甫府君书云:“夫道德之精微,而观圣人者不出动容周旋中礼之事;文章之精妙,不出字句声色之间。舍此便无可窥寻矣。”考《说文》云:“声,音也。”又云:“色,颜色也。”然则,所谓声者,就大小、短长、疾徐、刚柔、高下言之;所谓色者,就清奇、浓淡言之。此其分也。

盖声之有关文章,其说远矣。如《书》帝典云:“诗言志,歌永言。声依永,律和声。八音克谐,无相夺伦。”左氏襄二十九年《传》载季札观乐而云:“美哉渊乎!”“泱泱乎!”“荡乎!”“沨沨乎!”“思深哉!”“广哉!熙熙乎!”“至矣哉!”《礼记·乐记》载子贡问乐于师乙。而乙之言云:“上如抗,下如坠,曲如折,止如槁木,倨中矩,句中钩,累累乎端如贯珠。”使非精于声律,固不能为是言。故《乐记》又云:“凡音者,生人心者也。情动于中,故形于声;声成文,谓之音。”《荀子·劝学》篇云:“诗者,中声之所止也。”《大略》篇云:“其诚可以比金石,其声可内于宗庙。”又云:“其言有文焉,其声有哀焉。”韩退之《送孟东野序》云:“周之衰,孔子之徒鸣之，其声大而远。《传》曰：‘天将以夫子为木铎。’其弗信矣乎！”其《上襄阳于相公书》，既以“正声谐韶濩，劲气沮金石”并言；《答尉迟生书》又以“本深而末茂，形大而声宏”并言。《荆谭唱和诗序》且推及于“和平之音淡薄，而愁思之声要眇；欢愉之辞难工，而穷苦之言易好”。李习之作退之祭文，遂谓“其声殚天地”。欧阳永叔《送扬寘序》云：“夫琴之为技小矣。及其至也，大者为宫，细者为羽，操弦骤作，忽然变之，急者凄然以促，缓者舒然以和，如崩崖裂石，高山出泉，而风雨夜至也，如怨夫寡妇之叹息，雌雄雍雍之相鸣也。其忧深思远，则舜与文王、孔子之遗音也；悲愁感愤，则伯奇、孤子、屈原忠臣之所叹也。喜怒哀乐，动人深心，而纯古淡泊，与夫尧舜三代之言语、孔子之文章、《易》之忧患、《诗》之怨刺无以异。其能听之以耳，应之以手，取其和者，道其堙郁，写其忧思，则感人之际，亦有至者焉。”此虽论琴，而文章准诸此矣。故王介甫作永叔祭文，遂评其文云：“其清音幽韵，凄如飘风急雨之骤至；其雄辞伟辩，快如轻车骏马之奔驰。”先姜坞府君《援鹑堂笔记》云：“朱子谓‘韩昌黎、苏明允作文，敝一生之精力，皆从古人声响处学’，此真知文之深者。”刘海峰《论文偶记》云：“文章最要有节奏。譬之管弦繁奏中，必有希声窈渺处。”惜抱先生《与陈硕士书》云：“诗古文要从声音证入。不知声音，总为门外汉耳。”梅伯言《闲存诗草跋》云：“今世之闻乐者，肃然穆然，其声动人心，非皆能辨其词也。取《清庙》《生民》之词，而佶屈诵之，未有不听而思卧者。故诗之道，声而已矣。”曾文正《日记》云：“乐律不可不通，以其与兵事、文章相表里。”又云：“汉魏人作赋，一贵训诂精确，一贵声调铿锵。”又云：“读韩文《柳州罗池庙碑》，觉情韵不匮，声调铿锵，乃文章中第一妙境。情以生文，文亦以生情；文以引声，声亦以引文。循环互发，油然不能自已，庶渐渐可入佳境。”又云：“温苏诗朗诵颇久，有声出金石之乐。因思古人文章，所以与天地不敝者，实赖气以昌之，声以永之。故读书不能求之声气二者之间，徒糟粕耳。”又云：“作文以声调为本。”又《家训》云：“凡作诗最宜讲究声调。须熟读古人佳篇，先之以高声朗诵，以昌其气；继之以密咏恬吟，以玩其味。二者并进，使古人之声调，拂拂然若与我喉舌相习，则下笔时必有句调奔赴腕下。诗成自读之，亦自琅琅可诵，引出一种兴会来。”张廉卿《复朱莱香书》云：“声调一事，世俗人以为至浅，不知文之精微要眇，悉寓于其中。”凡此皆论声调之有关于文章者也。

但古人之所谓声调者，与齐梁人之说不同。古人本乎天籁，齐梁则出于人为。说莫详于沈休文《宋书·谢灵运传论》，其略云：“夫五色相宣，八音协畅，由乎玄黄律吕，各适物宜。欲使宫羽相变，低昂舛节。若前有浮声，则后须切响。一简之内，音韵尽殊；两句之中，轻重悉异。妙达此旨，始可言文。”自灵均“以来，多历年代，虽文体稍精，而此秘未睹。至于高言妙句，音韵天成，皆暗与理合，匪由思至。张、蔡、曹、王，曾无先觉；潘、陆、颜、谢，去之弥远。”《南史·陆厥传》云：“王融、谢朓、沈约等文，将平上去入四声制韵，有平头、上尾、蜂腰、鹤膝，世呼为‘永明（南齐武帝年号）体’。”厥与约书云：“尚书云：‘自灵均以来，此秘未睹。’但观历代众贤，似不都阍此处。自魏文属论，深以清浊为言；刘桢奏书，大明体势之致。龃龉妥贴（巾）之谈，操末续颠之说，兴玄黄于律吕，比五色之相宜。苟此秘未睹，兹论为何所指耶？故愚谓前英已早识宫徵，但未屈曲指的若今论所申。乃可言未穷之致，不得言‘曾无先觉’也。”沈答书又云：“宫商之声有五，文字之别累万。以累万之繁，配五声之约，高下低昂，非思力所学。又非止若斯而已。十字之文，颠倒相配；字不过十，巧历已不能尽，何况复过于此者乎？灵均以来，未经用之于怀抱，固无从得其仿佛矣。若斯之妙，而圣人不尚，何耶？此盖曲折声韵之巧，无当于训义，非圣哲玄言之所急也。是以子云譬之‘雕虫篆刻’，云‘壮夫不为’。自古辞人，岂不知宫羽之殊，商徵之别？虽知五音之异，而其中参差变动，所昧实多。故鄙意所谓‘此秘未睹’者也。”其后刘彦和从而申之，于《文心雕龙·声律》篇云：“凡声有飞沉，响有双叠。双声隔字而每舛，叠韵杂句而必睽；沉则响发而断，飞则声飏不还；并辘轳交往，逆鳞相比，迂其际会，则往蹇来连，其为疾病，亦文家之吃也。夫吃文为患，生于好诡，逐新趋异，故喉唇纠纷；将欲解结，务在刚断。左碍而寻右，末滞而讨前，则声转于吻，玲玲如振玉；辞靡于耳，累累如贯珠矣。是以声画妍媸，寄在吟咏；吟咏滋味，流于字句；字句气力，穷于和韵。异音相从谓之和，同声相应谓之韵。韵气一定，故余声易遣；和体抑扬，故遗响难契。属笔易巧，选和至难；缀文难精，而作韵甚易。虽纤意曲变，非可缕言；然振其大纲，不出兹论。”由诸言出，而声病之说以起。及唐近体诗盛行，于是文学家又增一体制矣。

自休文创声律之学，当时钟仲伟已深诋之，故《诗品序》云：“昔曹、刘殆文章之圣，陆、谢为体贰之才，锐精研思，千百年中，而不闻宫商之辨，四声之论。”自“王元长创其首，谢朓、沈约扬其波，于是士流景慕，务为精密，襞积细微，专相凌架，故使文多拘忌，伤其真美。余谓文制本须讽诵，不可蹇碍，但令清浊流通，口吻调利，斯为足矣。至平上去入，则余病未能；蜂腰鹤膝，闾里已具。”大抵八病曰平头，曰上尾，曰蜂腰，曰鹤膝，曰大韵，曰小韵，曰正纽，曰旁纽。据鄞县仇沧柱（兆鳌）《杜诗详注》云：“所谓平头者，前句上二字与后句上二字同声，如古诗‘今日良宴会，欢乐难具陈’，

‘今’‘欢’同声，‘日’‘乐’同声，是平头也。又如‘朝云晦初景，丹池晚飞雪，飘披聚还散，吹扬凝其威’四句，上二字皆平声，是平头也。又如周王褒诗‘高箱照云母，壮马饰当颅。单衣火浣布，利剑水精珠’四句，叠用四物，而每物各用一虚一实字面，亦平头也。又如杜挚诗‘伊挚为媵臣，吕望身操竿，夷吾困商贩，宁戚对牛叹，食其处监门，淮阴饥不粲’，叠引古人，皆在句首，是亦平头也。所谓上尾者，上句尾字与下句尾字俱用平声，虽韵异而声则同，是犯上尾。如古诗‘西北有高楼，上与浮云齐’，‘楼’与‘齐’皆平声。又如‘庭陬有古榴，绿叶含丹荣’，‘榴’与‘荣’亦平声也。又如一句尾字与三句尾字连用同声，是亦上尾。如古诗‘客从远方来，遗我一书札，上言长相思，下言久别离’，‘来’‘思’皆平声。又如‘新制齐纨素，皎洁如霜雪，裁为合欢扇，团圆似秋月’，‘素’‘扇’皆去声，亦犯上尾矣。其在七律，如杜诗‘春酒杯浓琥珀薄’与‘误疑茅堂入江麓’，同系入声。王维诗‘新丰树里行人度’与‘闻道甘泉能献赋’，同声同韵，皆犯上尾也。又如杜《秋兴》诗‘西望瑶池降王母，东来紫气满函关，云移雉尾开宫扇，日绕龙鳞识圣颜’，‘王母’‘函关’‘宫扇’‘圣颜’，俱在句尾，未免叠足，亦犯上尾。若‘林花著雨胭脂落，水荇牵风翠带长，龙虎新军深驻辇，芙蓉别殿漫焚香”，前联拈‘落’‘长’二字于字尾，后联移‘深’‘漫’二字于上面，便不犯同矣。”蔡宽夫《诗话》云：“蜂腰、鹤膝，盖出于双声之变。若五字首尾皆浊音，中一字独清，则两头大而中间小，即为蜂腰。若五字首尾皆清音，中一字独浊，则两头细而中间粗，即为鹤膝矣。今案张衡诗‘邂逅承际会’，是以浊夹清，为蜂腰也。如傅元诗‘徽音冠青云’，是以清夹浊，为鹤膝也。所谓大韵者，如‘微’‘晖’同韵，上句第一字不得与下句第五字相犯。阮籍诗‘微风照罗袂，明月耀清辉’是也。所谓小韵者，如‘清’‘明’同韵，上句第四字不得与下句第一字相犯。诗云‘薄帷鉴明月，清风吹我襟’是也。所谓正纽者，如‘溪’‘起’‘憩’三字为一纽，上句有‘溪’字，下句再用‘憩’字，庾阐诗‘朝济清溪岸，夕憩五龙泉’是正纽也。所谓旁纽者，如‘长’‘梁’同韵，‘长’上声为‘丈’，上句首用‘丈’字，下句首用‘梁’字，是亦相犯。诗云‘丈夫且安坐，梁尘将欲起’，此旁纽也。在七律如杜诗‘远开山岳散江湖’，‘山’‘散’为正纽；如‘丈人才力犹强健’，‘丈’‘强’为旁纽矣。”此外又有双声、叠韵之法。《南史》王元谟问谢庄曰：“何者为双声？何者为叠韵？答曰：“‘互’‘护’为双声，‘磝’‘碻’为叠韵。”《学林新编》曰：“双声者，同音而不同韵；叠韵者，同音而又同韵也。如李群玉诗‘方穿诘曲崎岖路，又听钩辀格磔声’，‘诘曲’‘崎岖’乃双声，‘钩辀’‘格磔’乃叠韵也。”此条所考至为详明。唐时日本僧空海撰《文笔眼心钞》云：“十字中一、六相犯名水浑，二、七相犯名火灭，是谓平头。十字中上句末与下名末相犯名土崩，是谓上尾。五字中二、五相犯又二、四相犯，是谓蜂腰。二十字中第一句末字与第三句末字相犯，是谓鹤膝。所云相犯，统四声言之。五字中二、五用同韵字，名触绝病，是谓大韵。五字中一、三用同韵字，名伤音病，是谓小韵。五字中用双声而隔字，名爽切病，是谓旁纽，亦曰大纽。五字、十字中用同纽而叠字，亦名爽切病，是谓正纽，亦曰小纽。”此与仇说又小异。沈氏《四声谱》久佚，今可考者，惟《谢灵运传论》及《答陆韩卿（厥字）书》。诸家以意推测，其不同宜耳。何义门《读书记》云：“浮声、切响，即是轻、重。今曲家犹讲阴阳清浊。”杨用修亦云：“《文心雕龙》论‘和’‘韵’之殊，宋词、元曲皆于仄韵用和音以叶韵。盖以平声为一类，而上、去、入三声附之。如‘东’‘董’‘冻’是和，‘东’‘中’‘风’是韵也。”如所言，可见沈说不特为近体诗所由来，势非流为词曲不止。实则大家何尝沾沾于此！是以唐僧皎然《诗评》云：“沈氏酷裁八病，碎用四声，风雅殆尽。”《援鹑堂笔记》云：“齐梁以四声殊音韵，别轻重，沈、宋之研顺声势，但取平仄调协。于彼说亦不能尽避。旁纽双声，一诗中固时时见之；若叠韵则杜公‘卑枝低结子，接叶暗巢莺’，且故为之，何尝不调协乎？”然则近体且不尽如其说，何论古诗？更何论古文？善乎韩退之《答李翊书》云：“气盛则言之长短与声之高下皆宜。”吴挚甫先生《答张廉卿书》云“声音之道，尝以意求之，才无论刚柔，苟其气之既昌，则所为抗坠、曲直、断续、敛侈、缓急、长短、伸缩、抑扬、顿挫之节，一皆循乎机势之自然，非必有意于其间，而故无之而不合，其不合者必气之未充者也。”是真破的之论矣！若夫下手之方，则在于讽诵。故惜抱先生《与陈硕士书》云：“大抵学古文者，必要放声疾读，又缓读，祇久之自悟。若但能默看，即终身作外行也。”又云：“寄来诗文皆有可观；但说到中间，忽有滞钝处，此乃是读古人文不熟。必急读以求其体势，缓读以求其神味，得彼之长，悟吾之短，自有进也。”梅伯言《与孙芝房书》云：“夫古文与他体异者，以首尾气不可断耳。有二首尾焉，则断矣。退之谓六朝文杂乱无章，人以为过论。夫上衣下裳，相成而不复也，故成章。若衣上加衣，裳下有裳，此所谓无章矣。其能成章者，一气者也。欲得其气，必求之于古人。周、秦、汉及唐、宋人文，其佳者皆成诵乃可。夫观书者，用目之一官而已；诵之而入于耳，益一官矣；且出于口，成于声，而畅于气。夫气者，吾身之至精者也。以吾身之至精，御古人之至精，是故浑合而无有间也。”张廉卿《答吴挚甫书》云：“阁下谓苦中气弱，讽诵久则气不足载其辞。往在江宁，闻方存之（宗诚）云：长老所传，刘海峰绝丰伟，日取古人之文，纵声读之。姚惜抱则患气羸，然亦不废哦诵，但抑其声使之下耳。”是或一道乎！

但古文固无一定之平仄；而声调既有高下，则二音要有不容不相济者，况古诗限于五言七言乎？况近体乎？《四库全书总目》于赵秋谷《声调谱》云：“执信尝问声调于王士祯，士祯靳不肯言。执信乃发唐人诸集，排比钩稽，竟得其法，因著此书。其例：古体诗五言重第三字，七言重第五字，而以上下二字消息之。大抵以三平为正格，其四平切脚，如李商隐之‘咏神圣功书之碑’；两平切脚，如苏轼之‘白鱼紫蟹不论钱’者，谓之落调。‘柏梁体’及四句转韵之体，则不在此限焉。律诗以本句平仄相救为单拗，出句如杜甫之‘清新庾开府’，对句如王维之‘暮禽相与还’是也。两句平仄相救为双拗，如许浑之‘溪云初起日沉阁，山雨欲来风满楼’是也。其他变阅数条，皆本此而推之。而起句结句不相对偶者，则不在此限焉。”此说亦学诗所不可不知者。

色也者，所以助文之光彩，而与声相辅而行者也。其要有三：一曰炼字，二曰造句，三曰隶事。《文心雕龙·炼字》篇，有避诡异、省联边，权重出、调单复四法，而论重出尤精。其说云：“重出者，同字相犯者也。《诗》《骚》适会，而近世忌同。若两字俱要，则宁在相犯。故善为文者，富于万篇，贫于一字。一字非少，相避为难也。”方植之《昭昧詹言》云：“好用虚字承递”“最易软弱。须横空盘硬，中间摆落剪断多少软弱，词意自然高古。”吴挚甫先生尝为永朴诵欧阳永叔《石曼卿墓表》末段“呜呼曼卿”以下数行，以为字字若有凸凹，因叹文章之难，第一用虚字，盖浅深雅俗，于此焉分。曾文正公《复李眉生书》云：“来函询虚实、譬喻、异诂三门。虚实者，实字而虚用，虚字而实用也。至用字有譬喻之法，后世须数句而喻意始明，古人止一字而喻意已明。异诂云者，无论何书，处处有之，大抵人所共知，则为常语；人所罕闻，则为异诂。古人用字，不主故常，初无定例，要之各有精意运乎其间。阁下现读《通鉴》，即就《通鉴》异诂之字，偶一钞记，他人视为常语，而已心以为异，则且钞之；或明日视为常语，而今日以为异，亦姑钞之。久之多识雅训，不特譬喻、虚实二门可通，即其他各门，亦可触类而贯彻矣。”又《复邓寅阶书》云：“《文选》以多读为妙。盖《京都》《田猎》《江》《海》诸赋，虽难于成诵，而造字、形声、训诂之学，即已不待他求。”又《家训》云：“文章雄奇，以行气为上，造句次之，选字又次之。然未有字不古雅而句能古雅，句不古雅而气能古雅者；亦未有字不雄奇而句能雄奇，句不雄奇而气能雄奇者。是文章之雄奇，其精处在行气，其粗处全在造句、选字也。余好古人雄奇之文，以昌黎为第一，扬子云次之。二公之行气，本之天授。至于人事之精能，昌黎则造句之工夫居多，子云则选字之工夫居多。”《援鹑堂笔记》云：“字句章法，文之浅者也；然神气体势，皆阶之而见。古今文字高下，莫不由此。”又云：“字句之奇，宋以后大家多不讲此，亦是其病处。”《论文偶记》云：“神气者，文之最精处也；音节者，文之稍粗处也；字句者，文之最粗处也。然予谓论文而至于字句，则文之能事尽矣。盖音节者，神气之迹也；字句者，音节之矩也。神气不可见，于音节见之；音节无可准，以字句准之。”又云：“音节高则神气必高，音节下则神气必下，故音节为神气之迹。一句之中，或多一字，或少一字；一字之中，或用平声，或用仄声；同一平字、仄字，或用阴平、阳平、上声、去声、入声，则音节迥异。故字句为音节之矩。”又云：“积字成句，积句成章，积章成篇，合而读之，音节见矣；歌而咏之，神气出矣。”又云：“近人论文，不知有所谓音节者；至语以字句，则必笑以为末事。此论似高实谬。作文若字句安顿不妙，岂复有文字乎？但所谓字句、音节，须从古人文字中实实讲贯过始得，非如世俗所云也。”吕月沧辑吴仲伦《古文绪论》云：“作文岂可废雕琢？但须清气运乎其中。功夫成就之后，信笔写出，无一字一句吃力，却无一字一句率易，清气澄澈中，自然古雅有风神，乃是一家数也。”又云：“文字有作一句不甚分明，必三两句而古雅者；亦有炼数句为一句，乃觉古简者。总之，气不可不疏。”至于隶事，《文心雕龙·丽辞》篇，尝戒不均与孤立二病，以为“若两事相配，而优劣不均，是骥在左骖，驽为右服也。若夫事或孤立，莫与相偶，是夔之一足，趻踔而行也。”苏子瞻题柳子厚诗云：“用事当以故为新，以俗为雅。好奇务新，乃诗之病。”焦弱侯《笔乘》云：“韦庄诗‘西园公子名无忌’，观《选》诗‘公子敬爱客，终宴不知疲。清夜游西园，飞盖相追随’，乃子建事，不可加之无忌。”《援鹑堂笔记》云：“大凡文字援据，虽有详略，然必具见端末。”又云：“何大复《闻武昌边报》诗：‘请缨谁为系楼兰？’贾谊请系单于颈，终军请以长缨系南越，无系楼兰事。且当时边报，又无与西域。”惜抱先生《复刘明东（开）书》云：“见赠五言排律，所用故事，都不精切，止是随手填入。姑摘其一联：‘志公谓徐陵，天上石麒麟，’岂可易‘石’为‘玉’？又陵官非学士，学士唐乃有此官耳。公孙宏与陵，于鄙人绝不似，止十字中而病痛已四五矣。”《五七言今体诗钞》评陆放翁《江楼醉中作》：“天上但闻星主酒，人间宁有地埋忧？生希李广名飞将，死慕刘伶赠醉侯。”以为“前联用孔北海‘天垂酒星之耀’、仲长统‘寄愁天上、埋忧地下’，并汉人语，相称。后联用唐人诗‘若使刘伶为酒帝，亦须封我醉乡侯’，取材较猥，对上句不过。”又《昭昧詹言》引先生之言云：“王阮亭四法，一‘典’字中，有古体之典，有近体绝句之典。近体绝句之典，必不可入古诗。其‘远’‘谐’‘则’三字亦然。”据此可见运用故实，无论诗文，皆不可苟。或因周秦诸子及词赋家多假设之辞，以为借口，不知寓言与庄语未可同科。观《退庵随笔》载："苏子容（颂）每闻人言故事，必检出处。"又云："苏文忠公每有撰著，虽目前事，率令少章（秦观弟觌）、叔党（公少子过）诸人检视而后出。"古人审慎何如！若夫文忠《刑赏忠厚之至论》，引"皋陶曰杀之三，尧曰宥之三"，特少年应试之作，理想成文，可以将无作有，故曰"想当然尔"。文士狡狯，要当别论。昔黄山谷《与王观复书》云"老杜作诗，退之作文，无一字无来处。盖后人读书少，故谓韩、杜自作此语耳。"《颜氏家训·勉学》篇亦云："谈说制文，援引古音，必须眼学，勿信耳受。"长洲朱仲武（孔彰）又以临川李小湖先生（联琇）之言告永朴云："作文引事，断宜检查原文，不可但恃记忆之力。盖自以为不误，其误必多。"学者所当服膺，正在此等语也。

虽然，文章色泽，犹不尽于此。广而言之，如《易》之象，《诗》之比、兴，《孟》《庄》之譬喻，扬、马之铺张，皆是。又诗家于篇中往往插入描写之语，文家抑或凌空布景，如《秦誓》"若有一个臣"一段。《孟子·庄暴》章"今王鼓乐于此"一段，韩退之《原毁》"尝试语于众曰"一段，与李斯《谏逐客书》中间，即色、乐、珠、玉为喻，皆设色处也。至纪事之文，因此人而牵及彼人，因此事而牵及他事，迷离变化，古人譬之"云烟"，亦曰"烟波"。昔张廉卿先生告永朴云："古人论文，要情韵不匮。夫所谓'不匮'者，以旁支多也。如花开，必枝叶掩映，风韵乃可人；若去枝叶惟存花，亦不足观矣。考《说文》于'文'字云：'错画也，象交文。'然则文固以交错为义，惟交错斯彩色生焉。夫词藻之于彩色，特一端耳，何足以尽其妙！"归震川《与沈敬甫书》云："近来俗子论文，颇好剪纸染采之花，遂不知复有树上天生花也。"斯言真有味哉！

文学研究法卷四

刚　柔

自《易·贲卦·彖传》言:“柔来而文刚”“分刚上而文柔”。“刚柔交错，天文也。文明以止，人文也。观乎天文，以察时变；观乎人文，以化成天下。”《说卦传》又言:“分阴分阳，迭用柔刚，故易六位而成章。”文章之体之本于阴阳、刚柔，其来远矣，顾后世文学家未有论及此者，惟《宋书·谢灵运传论》言“志动于中，歌咏外发”，尝推本于“民禀天地之灵，含五常之德，刚柔迭用，喜愠分情”。刘彦和《文心雕龙·熔裁》篇云:“刚柔以立本，变通以趋时。立本有体，意或偏长；趋时无方，辞或繁杂。蹊要所司，职在熔裁。”皆以此为言，而未畅厥旨。及惜抱先生《答鲁絜非书》，言之乃详。其说曰:“鼐闻天地之道，阴阳、刚柔而已。文者，天地之精英，而阴阳、刚柔之发也。惟圣人之言，统二气之会而弗偏。然而《易》《诗》《书》《论语》所载，亦间有可以刚、柔分矣，值其时其人，告语之体各有宜也。自诸子而降，其为文无弗有偏者。其得于阳与刚之美者，则其文如霆，如电，如长风之出谷，如崇山峻岩，如决大川，如奔骐骥；其光也如杲日，如火，如金镠铁；其于人也，如凭高视远，如君而朝万众，如鼓万勇士而战之。其得于阴与柔之美者，则其文如升初日，如清风，如云，如霞，如烟，如幽林曲涧，如沦，如漾，如珠玉之辉，如鸿鹄之鸣而入寥廓；其于人也，漻乎其如叹，邈乎其如有思，暖乎其如喜，愀乎其如悲。观其文，讽其音，则为文者之性情、形状，举以殊焉。且夫阳刚、阴柔，其本一端，造物者糅，而气有多寡进绌，则品次亿万，以至于不可穷，万物生焉。故曰一阴一阳之谓道。夫文之多变，亦若是已。糅而偏胜可也；偏胜之极，一有一绝无，与夫刚不足为刚，柔不足为柔者，皆不可以言文。今夫野人孺子闻乐，以为笙歌弦管之会尔；苟善乐者闻之，则五音十二律必有一当，接于耳而分矣。夫论文者岂异于是乎？宋朝欧阳、曾公之文，其才皆偏于阴与柔之美者也。欧公能取异己者之长而时济之；曾公能避所短而不犯。抑人之学文，其功力所能至者，陈义理必明当，布置、取舍、繁简、廉肉不失法度，辞雅驯不芜而已。古今至此者，盖不数数得，然尚非文之至；文之至者，通于神明，人力不及施也。”篇中言“刚不足为刚、柔不足为柔”者，恐世之浅者借口，以犷悍为阳刚，以靡弱不振为阴柔也。其言“一有一绝无”“不可言文”者，盖阳刚、阴柔之分，亦言其大概而已。必刚柔相错而后为文，故阳刚之文，亦具阴柔之美，特不胜其阳刚之致而已；阴柔亦然。止可偏胜，而不可以绝无。《礼记·乐记》云：“刚气不怒，柔气不慑。”正以此。

是后，曾文正公演之，析而为太阳、太阴、少阳、少阴四象。以气势为太阳之类，趣味为少阳之类，识度为太阴之类，情韵为少阴之类。其分古近体诗，亦欲为四属，而别增机神一类。然所钞十八家五言古诗，乃刻四类字朱印本诗下，曰“气势”“识度”“情韵”，与文同；曰“工律”，与文异；而无“机神”之说，盖仍用四类也（见吴挚甫《记古文四象后》）。至论各类所宜，谓“阳刚者，气势浩瀚；阴柔者，韵味深美。浩瀚者，喷薄而出之；深美者，吞吐而出之”。“论著、词赋、奏议、哀祭、传志、叙记宜喷薄，序跋、诏令、书牍、典志、杂记宜吞吐。其一类微有区别者，如哀祭虽宜喷薄，而祭郊社、祖宗则宜吞吐；诏令虽宜吞吐，而檄文则宜喷薄；书牍虽宜吞吐，而论事则宜喷薄。”论文境之妙，谓“阳刚之美。莫要于‘雄’‘直’‘怪’‘丽’四字；阴柔之美，莫要于‘茹’‘远’‘洁’‘适’四字”。而各为之赞。于“雄”字曰：“划然轩昂，尽弃故常；跌宕顿挫，扪之有芒。”于“直”字曰：“黄河千里，其体仍直；山势如龙，转换无迹。”于“怪”字曰：“奇趣横生，人骇鬼眩，《易》《元》《山经》，张、韩互见。”于“丽”字曰：“青春大泽，万卉初葩，《诗》《骚》之韵，班、扬之华。”于“茹”字曰：“众义辐凑，吞多吐少，幽独咀含，不求共晓。”于“远”字曰：“九天俯视，下界聚蚊，瘖寐周、孔，落落寡群。”于“洁”字曰：“冗意陈言，类字尽芟，慎尔褒贬，神人所监。”于“适”字曰：“心境两闲，无营无待，柳记、欧跋，得大自在。”（并《日记》）论古今文家得阳刚之美者，曰庄子，曰扬雄，曰韩愈，曰柳宗元；得阴柔之美者，曰司马迁，曰刘向，曰欧阳修，曰曾巩（尺牍）。又尝言：“文章以气象光明俊伟，为最难能而可贵，如久雨初晴，登高山而望旷野；如楼俯大江，坐明窗净几之下，而可以远眺；如英雄侠士裼裘而来，绝无龌龊卑鄙之态。此三者，皆光明俊伟之象。文中有此气象者，大抵得于天授，不关乎学术。自孟子、韩子而外，惟贾生及陆敬舆、苏子瞻得此象为多。”（《鸣原堂论文》）据此，则光明俊伟，乃阳刚之胜境。孟、贾、韩固得阳刚之美，而陆、苏殆其亚也。又言：“知道者，时时有忧危之意。其临文亦然。仲尼称：‘《易》之兴也，其于中古乎；作《易》者，其有忧患乎？’又曰：‘于稽其类，其衰世之意耶？’盖深有见于前圣之危心远虑，而揭其不得已而有言之故。即夫子之释《中孚》二、《同人》五等七爻，《咸》四、《困》三、《解》上等十一爻之辞，抑何其惕厉而深至也。盖饱经乎世变之多端，则常有跋前疐后之惧；博识乎义理之无尽，则不敢为臆断专决之辞。自孟子好为直截俊拔之语，已不能如仲尼之谦谨，而况其下焉者乎？后世如诸葛武侯之书牍，纡徐简远，差明此义。而曾子固亦有宛转思深之处。此外则词与义俱尽，尚何谦谨之有哉？或词之所至，而此心初未尝置虑于其间，又乌知所谓忧危者哉？"（《笔记》）据此，则忧危谦谨，乃阴柔之胜境。南丰固全得阴柔之美，而诸葛公盖亦其类也。案文正既以四象申惜抱之意，尝选文以实之，而授其目于吴挚甫先生。其后挚翁刊示后进，并述张廉卿之言，又以二十字分配阴阳，谓神、气、势、骨、机、理、意、识、脉、声，阳也；味、韵、格、态、情、法、词、度、界、色，阴也。则充其类而尽之矣。至于惜抱先生《复陈东浦方伯书》云"当者立碎"，此境似亦当属阳刚。曾文正《与吴南屏书》云"字字若履危石而下，落纸乃迟重绝纶"，此境似亦当属阴柔。

夫阳刚、阴柔二者，各擅所长如此。而世顾重视阳刚，轻视阴柔者。管异之《与友人论文书》云："仆闻文之大原出于天，得其备者，浑然如太和之元气。偏焉而入于阳，与偏焉而入于阴，皆不可以为文章之至境。然而自周以来，虽善文者亦不能无偏。仆谓与其偏于阴也，则无宁偏于阳。何也？贵阳而贱阴、伸刚而绌柔者，天地之道，而人之所以为德者也。孔子曰：'吾未见刚者。'曾子曰：'士不可以不弘毅，任重而道远。'圣贤论人，重刚而不重柔，取宏毅而不取巽顺。夫为文之道，岂异于此乎？古来文人陈义吐辞徐婉不失态度，历代多有；至若骏桀廉悍称雄才而足号为刚者，千百年而后一遇焉耳。甚矣，阳之足贵也。然仆以为是有天焉，有人焉。得天之刚，世亦无几，其余必进之以学。进之以学者，孟子所云'以直养而无害'是也。日蓄吾浩然之气，绝其卑靡，遏其鄙吝，使夫为体也常宏，而其为用也常毅，则一旦随其所发，而至大至刚之概，可以塞乎天地之间矣。如此则学问成，而其文亦随之以至矣。取道之原，六经其至极也；而论其从入之途，则《公羊》、《国策》、贾谊、太史公，皆深得乎阳刚之美者。诚熟复之，当必更有所进耳。”此篇颇足与姚、曾之说相参。但管氏以太史公为阳刚，与文正异，岂因其气之雄奇、趣之诙诡而云然欤？若曾氏则又以其多顿挫之笔、跌宕之姿、呜咽之声、吞吐之致，皆得阴柔之胜境也。夫文正固尝以太史公为文家之王都矣。然则纵不能如孔子之浑然元气，其于阴阳二类，亦庶几备之。是从吕月沧辑吴仲伦《古文绪论》云：“文章之道，刚柔相济。《史记》及韩文，其两三句一顿，似断不断极多。要有灏气潜行，虽陡峻亦寓绵邈。且自然恰好，所以为风神绝世。”文正《日记》又云：“造句约有二端：一曰雄奇，一曰惬适。雄奇者，瑰玮俊迈，以扬、马为最；恢诡恣肆，以庄生为最；兼擅瑰玮、恢诡之胜者，则莫盛于韩子。惬适者，汉之匡、刘，宋之欧、曾，均能细意熨贴，朴属微至。雄奇者，得之天事，非人力所可强企；惬适者，诗书酝酿，岁月磨炼，皆可日起而有功。惬适未必能兼雄奇之长，雄奇则未有不惬适者。学者之识，当仰窥于瑰玮俊迈、恢诡恣肆之域，以期日进于高明。若施手之处，则端从平实惬适始。”又云：“凡为文，用意宜敛多而侈少，行气宜缩多而伸少。推之孟子不如孔子处，亦不过辞昌语快，用意稍侈耳。后人为文，但求其气之伸；古人为文，但求其气之缩。气恒缩则词句多涩。然深于文者，固当从这里过。”恽子居《与纫之论文书》云：“古文从入之途有要焉：曰其气澄而无滓也，积之则无滓而厚也；其质整而无裂也，驯之则无裂而能变也。”观此数说，则阳刚之文，固难能而可贵；而学者从事于此，不能不先求平实惬适及夫“茹”与“洁”者，是阴柔之文必当研究，又可知矣。

且惜抱先生即“欧公取异己者之长而时济之，曾公避所短而不犯”并举以告絜非，可知有此两种办法。所谓“取异己者之长以自济”者，管氏“进之以学”一语，已得其旨。而曾文正《与张廉卿书》云：“足下为古文，笔力稍患其弱。昔姚氏论文，有阳刚、阴柔之分，二者画然不相谋；然柔和渊懿之中，必有坚劲之质、雄直之气运乎其中，乃有以自立。足下气体近柔，望熟读扬、韩各文，而参以两汉古赋，以救其短，何如？”亦“取异己者之长以自济”之意也。然而人各有能有不能，若必难进于阳刚，惟有用“避所短而不犯”之法，此亦非“进之以学”不可。是故惜抱先生评刘子政《战国策序》云：“此文固不若《过秦论》之雄骏，然冲溶浑厚，无意为文，而自能尽意，若《庄子》所谓‘木鸡’者，此境亦贾生所无也。”又《与陈硕士书》云：“所寄古文，大抵正有余而奇不足。此不必勉为奇，但益求其醇厚，即自贵耳，古人不云‘善用其短’乎？”

奇　正

昔庄周自称“其书虽瑰玮而连犿无伤也，其辞虽参差而諔诡可观”。其后扬子《法言·君子》篇遂有“子长爱奇”之语。韩退之《送穷文》亦自称其文“不专一能，怪怪奇奇，不可时施，只以自嬉”。柳子厚《答韦珩示韩愈相推以文墨事书》，谓“退之所敬者，司马迁、扬雄。迁与退之，固相上下；若雄者，如《太玄》《法言》及‘四赋’，退之独未作耳，决作之，加恢奇，至他文过扬雄远甚。雄之遣言措意，颇短局滞涩，不若退之猖狂恣睢，肆意有所作。若然者，使雄来尚不宜推避，而况仆耶？”又《读韩愈所著毛颖传后题》，谓：“退之为《毛颖传》，读之若捕龙蛇，搏虎豹，急与之角而不敢暇，信韩子之怪于文也。”苏子瞻《书子由超然台赋后》，谓：“子由之文，词理精确不及吾，而气体高妙，吾所不及。虽各欲以此自勉，而天资所短，终莫能脱。至于此文，则精确高妙，殆两得之。”而子由则曰：“子瞻之文奇，吾文但稳而已。”由是观之，古来文家，未有不以奇为尚者，其故何哉？刘彦和尝言之矣。《文心雕龙·神思》篇云：“夫神思方运，万途竞萌，规矩虚位，刻镂无形，登山则情满于山，观海则意溢于海，我才之多少，将与风云而并驱矣。方其搦翰，气倍辞前；暨乎成篇，半折心始。何则？意翻空而易奇，言征实而难巧也。”退之亦言之矣，

《答刘正夫书》云："夫百物朝夕所见者，人皆不注视也；及观其异者，则共观而言之。夫文岂异于是乎！是故为文章者，说平实之理，载庸常之行，最难制胜。必力去陈言，标新领异，然后为佳。"古今文人好奇，其原因盖在于此。

虽然，此种文字虽极可喜，然非根本深，魄力厚，而以鸷悍之气，喷薄之势，诙诡之趣，崛强之笔，浓郁之辞，铿锵之调行之，必不能窥其奥窔。使初学而骤希乎此，其流弊可胜言乎？故《文心雕龙·定势》篇云："旧炼之才，执正以驭奇；新学之士，逐奇而失正。"苏子瞻《答黄鲁直书》亦云："晁君骚词细看甚奇丽，信其家多异材耶！然有少意，欲鲁直以己意微箴之。凡人文字，当务使平和至足之余，溢为怪奇，盖出于不得已也。晁文奇丽似差早。"东坡言"不得已"三字形容最妙。此先生《南行前集序》所以云："自少闻家君之论文，以为古之圣人，有所不能自已而作者。"而《与谢民师推官书》所以云："文章之境，如行云流水，初无定质。但常行于所当行，止于不可不止，文理自然姿态横生也。"庄子言己之书，"充实不可以已"（《天下》）。孟子曰："予岂好辨哉？予不得已也。"（《滕文公》）《汉书·艺文志》谓"齐、韩《诗传》取《春秋》，采杂说，咸非其本义与不得已。"皆深知此意者也。八家之文，惟韩公最奇。然李习之为之祭文，既曰"开阖怪骇，驱涛涌云"，又必曰"拨去其华，得其本根"。皇甫持正为之墓志铭，既曰"茹古涵今，无有端涯；浑浑灏灏，不可窥校。及其酣放，毫曲快字，凌纸怪发，鲸铿春丽，惊耀天下"；又必曰"栗密窈眇，章安句适，精能之至，入神出天"。李南纪作《昌黎集序》，既曰"汗澜卓踔，奫泫澄深，诡然而蛟龙翔，蔚然而虎凤跃，锵然而韶钧鸣"；又必曰"日光玉洁，周情孔思，千态万貌，卒泽于道德仁义，炳如也"。呜呼！此公之所以承八代之后，而振其衰，以返之于三代两汉欤？考唐自贞观以后，文士皆沿旧体。经开元、天宝，诗格大变，而文格犹然。迨元结、独孤及出，乃有意湔除，萧颖士、李华左右之。盖复古之功，其来有渐。其后韩公继起，乃臻极盛。然同时之士，惟子厚一人，足以肩随，余子往往不能无弊。是以《新唐书·韩愈传》云："惟愈为之，沛然若有余。其徒李翱、李汉、皇甫湜从而效之，遽不及远甚。"苏子瞻《谢欧阳内翰书》云："唐之古文自韩愈始，其后学韩而不至者为皇甫湜，学皇甫湜而不至者为孙樵。自樵以降，无足观矣。"《四库全书总目》于《李元宾集》云：观为李华从子，以古文与韩愈相砥砺。"其后愈文雄视百世"，而观文"雕琢艰深，或格格不能自达"。于《欧阳行周集》云："詹与李观、韩愈同年举进士，皆出陆贽之门。今观詹之文，与观相上下，去愈甚远。"于《绛守居园池记注》云："长庆三年，樊宗师官绛州刺史，即守居构园池，自为之记，文僻涩不可句读，好奇者多为之注。然其字句多不师古，不可训诂考证，诸家第推测以求通。一篇之文，仅七百七十七字，而众说纠纷，终无定论。别有《越王楼诗序》，僻涩与此文相类。"于《皇甫持正集》云：湜"与李翱同出韩愈，翱得愈之醇，而湜得愈之奇崛"。"郑玉《师山遗文》有《与洪君实书》"，谓其"言语叙次"，"著力铺排，往往反伤工巧，终无自然气象"。于《孙可之集》云："樵《与王霖秀才书》云：'某尝得为文真诀于来无择，来无择得之皇甫持正，皇甫持正得之韩吏部退之。'其《与友人论文书》又复云然。今观三家之文，韩愈包孕群言，自然高古；而皇甫湜稍有意为奇；樵则视湜益有努力为奇之态，其弥有意于奇，是其所以不及欤！"合而观之，韩门诸子，不可谓非耿介拔俗；然奇堀之境之不易到，亦即诸子而可知。是以洪景卢《容斋随笔》云："《毛颖传》成，世人多笑其怪，虽裴晋公（度）亦不以为可，惟柳子独爱之。韩子以文为戏，本一篇耳，妄人既附以《革华传》。至于近时《罗文》《江蟠》《叶嘉》《陆吉》诸传，纷纭杂沓，皆托以为东坡，大可笑也。”方望溪评韩公《进学解》亦云：“退之为此与《毛颖传》同，以示其才无所不可，盖别调也。而茅鹿门以为‘正正之旂，堂堂之阵’，是谓不知而强言”。

且夫诸子以有意为奇之故，文章日流险僻，而不能造于自然，势将授人以口实。唐末繁缛之文，因复鸣于时，历五季以至宋初而不可革。但繁缛必词胜于理，甚者或流媟黩，或入轻靡，弊视险僻为更甚。故宋之君子多非之，柳开、穆修之徒是也。开之学及身而止；修传于尹洙，洙与永叔为友，永叔始亦工骈俪之体，由洙乃为古文。其《记旧本韩文后》云：“予少家汉东，得旧本《唐昌黎先生集》于州南李尧辅家，因乞以归，读之，觉其言深厚而雄博。然予少未能悉究其义，徒见其浩然无涯，若可爱。是时天下学者，扬、刘之作、号为时文，能者取科第、擅名声，以夸荣当世，未尝有道韩文者。予亦方举进士，以礼部诗赋为事，年十有七试于州，为有司所黜，因取韩氏之文复阅之，则喟然叹曰：‘学者当至于是而止尔！’因怪时人之不道，而顾已亦未暇学，时独念于予心。后七年举进士及第，官于洛阳，而尹师鲁之徒皆在，遂相与作为古文。其后天下学者亦渐趋于古，而韩文遂行于世，至于今盖三十余年，学者非韩不学也。”大抵仲涂、伯长始为于风气初开，明而未融，与元次山、独孤至之（及）同，其先导之功不可没亦同。及庐陵出，而宋之文章又极盛，虽云“再复于古”，然永叔与南丰曾氏、眉山三苏氏皆变退之之奇崛而为平易。惟临川王氏差近退之，要亦不过峭折而已，未能雄浑也。先姜坞府君，《援鹑堂笔记》谓“荆公坚瘦，又昌黎一节之奇，盖得其深处”。但介甫学韩，究不可谓非有得者。即永叔以深婉胜，未尝不绵远；子固以醇厚胜，未尝不宽博；三苏以条达胜，未尝不精悍。若明之归氏，清之方氏、姚氏、梅氏、虽气清体洁，足为一代正宗；而末流不免薄弱。曾文正公思有以挽之，故教人由介甫学韩，由山谷学杜；又使之用力《说文》《文选》，以求深古雄厚。第此境方、姚固不能到，而论文则已见及之，如方氏《古文约选序例》云："古文气体，所贵澄清无滓。澄清之极，自然而发其光精，则《左传》《史记》之瑰丽浓郁是也。"是彼以清洁为始境，并不以为止境，可知。又云："始学而求古求典，必流为明七子之伪体。"则所以防貌袭之病也。文正《日记》云："韩文之妙，实从相如、子云得来。"又云："韩文实从扬、马得来，而参以孔孟之义理，所以雄视千古。"今案《援鹑堂笔记》云："文学自是贵藻丽奇怪。屈、宋以来，再变而为相如、子云，皆如此。昌黎《南海神庙碑》，壮丽从相如来，岂宋人所能及？"惜抱先生《与张翰宣书》亦云："司马相如自是西汉之杰，昌黎《南海神庙碑》中叙景瑰丽处，即效相如赋体。但退之学人，必变其貌而取其神，故不觉耳。韩公效相如处颇多，故称之不容口。"是则文正所悟而得者，姚氏亦先言之矣。

然则吾人今日从事于此，以奇者为宗乎？抑以正者为宗乎？曰：《进学解》云："《易》奇而法，《诗》正而葩。"盖奇而不法，险僻而已，非奇也；正而不葩，肤庸而已，非正也。方密之（以智）《通雅》云："《论语》'鲜矣仁'，《孟子》'豕交之也'，何尝不奇。"又曰："格莫奇于《诗》，如《无羊》篇先叙饮讹之状。忽曰牧人乃梦，变鱼变旐，从而占之，何其幻乎！《采绿》忆远，忽而作计，此后永不相离，'薄言观者'，冷缀便收。至于《正月》《小弁》《雨无正》之沉悼，《巷伯》《彼何人斯》之激怒，章法次第，最称神品，皆非后人能仿佛也。《离骚》之登天入水，作如何会？华胥之钧天，作如何会？古诗之结婚遗鲤，书字不灭，作如何会？渊明之干戚掷杖，乞酒与年，作如何会？其指远矣。"又云："'渔父鼓枻而去'。屈原似为所诃矣，且问是一人耶？二人耶？‘东方有一士’，又曰‘我欲观其人’，我是谁？东方之士是谁？夫奇必如此，虽迷离变化，而不失自然。”故《通雅》又引吴立夫（莱）之言云：“作文如用兵，有正有奇。正者，文之法；奇者不为法缚，千变万化，坐作击刺，一时俱起者也。及正部还伍，则肃然未尝乱。”然则二者途殊，未始不同归。但入门之初，正易奇难。观惜抱先生《与王铁夫书》云：“夫古人文章之体非一类，其瑰玮奇丽之振发，亦不可谓其尽出于无意也。然要是才力气势驱使之所必至，非勉力而为之也。后人勉学，觉积累纸上，有如赘疣。故文章之境，莫佳于平淡。措语遣意，有若自然生成者，此熙甫所以为文家之正传也。”又《与陈硕士书》云：“文之出奇怪，惟功深以待其自至，却又须常将太史公、韩公境界悬置胸中，则笔端自与寻常境界相远。”又《与伯昂从孙书》云：“大抵作诗平易则苦无味，求奇则患不稳。去此两病，乃可言佳。”此皆谓奇怪乃文章胜境，而未可一蹴几也。

雅　俗

孔子曰："恶郑声之乱雅乐也。"(《阳货》)又曰："郑声淫。"(《卫灵》)《诗序》曰："雅者，正也。"《书传》曰："淫，过也。"大抵文之过于生者，为怪僻，为直率，为粗硬；过于熟者，为滑易，为轻靡，为纤弱，皆淫也，即皆俗也。顾俗者众而风行一时，反以雅者为淡泊无味。昔《庄子·天地》篇云："大声不入于里耳；《折杨》《皇荂》(一作"华")，则嗑然而笑。是故高言不止于众人之心，至言不出，俗言胜也。"韩退之《与冯宿论文书》云："仆为文久，每自测，意中以为好，则人必以为恶矣。小称意人亦小怪之，大称意即人必大怪之也。时时应事，作俗下文字，下笔令人惭，及示人，则人以为好矣。小惭者亦蒙谓之小好，大惭者即必以为大好矣"。然则雅俗之不相容，虽冰炭异性，薰莸异气，不足以喻。顾不欲文章之工则已；如欲其工，就雅去俗，实为首务。是以归震川《与沈敬甫书》云："仅有一篇好者，却安排几句俗语在前，便触忤人，如好眉目又著些疮痏，可恶！"惜抱先生《与陈硕士书》云："大抵作诗、古文，皆急需先辨雅俗。俗气不除尽，则无由入门，况求妙绝之境乎？"方植之《昭昧詹言》云："古人论文，必曰：'一语不落凡近'，小家不能自立，只是不解此义。""以凡近之心胸，凡近之才识，未尝深造笃嗜，不知古人之艰穷怪变险阻难到可畏之处，而又无志自欲独出古今，故不能割舍凡近也”。“但脱凡近，便是古人。”又云“学古而真有得，即有败笔，必不远背于大雅”，其本不二也。尝见后世诗文家，亦颇有似古人处，而其他篇或一篇中，忽又入以极凡近卑陋语，则其人心中，于古人必无真知真好，故不能了然于雅俗之辨。譬如王、谢子弟，虽遭造次颠沛，决不作市井乞儿相。又云：“读古人诗，须观其气韵。气者，气味也；韵者，态度风致也。如对名花，其可爱处，必在形色之外。气韵分雅俗，意象分大小高下，笔势分强弱，而古人妙处，十得六七矣。”张廉卿《答刘生书》云：“夫文章之道，莫要于雅健。欲为健而厉之已甚，则或近俗；求免于俗，而务为自然，又或弱而不能振。古之为文者，若左丘明、庄周、荀卿、司马迁、韩愈之徒，沛然出之，言厉而气雄，然无有一言一字之强附而致之者也。措焉而皆得其所安，文惟此为最难。知其难也，而以意默参于二者之交，有机焉以寓其间，此固非朝暮所能企，而亦非口所能道。治之久，而一旦悠然自得于其心，是则其至焉耳。至之之道无他，广获而精导，熟讽而湛思。舍此则未有可以速化而袭取之者也。”

观以上诸家之说，可恍然于雅俗之不能不急辨矣。虽然，欲求其雅而不致于俗，有本原焉，则绩学其要也。故诸葛武侯《戒子书》云：“夫学须静也，才须学也。非学无以广才，非静无以成学。”刘彦和《文心雕龙·事类》篇亦云：“夫姜桂因地，辛在本性；文章由学，能在天资。才自内发，学以外成。有学饱而才馁，有才富而学贫。学贫者迍邅于事义，才馁者劬劳于辞情。此内外之殊方也。是以属意立文，心与笔谋，才为盟主，学为辅佐。主佐合德，文采必霸；才学褊狭，虽美少功。”虽然，绩学固文章之要事，而尤有本原焉，则洗心之谓也。昔黄山谷《书缯卷后》云：“余尝为少年言：士大夫处世可以百为，惟不可俗，俗便不可医也。或问不俗之状，老夫曰：难言也。视其平居无以异于俗人，临大节而不可夺，此不俗人也；平日终日如含瓦石，临事一筹不画，此俗人也。虽使郭林宗、山巨源复生，不易吾言也。”又《与声叔六侄书》云：“日月易失，官职自有命，但使腹中有数百卷书，略识古人义味，便不为俗士矣。”观此可见雅俗全在人品上分别，人品全在心源上分别。故山谷《与人书》又云：“要须心地收汗马之功，读书乃有味。”苏子瞻尝诵杜子美“王侯与蝼蚁，同尽随丘墟，愿闻第一义，回向心地初”之句，以为此老诗外尚有事在，是以自为之诗亦云：“世事浮云改，此心孤月明。”王厚斋《困学纪闻》因引以验其晚年所造之深。其后陆放翁示子诗云“汝果欲学诗，工夫在诗外”，与东坡如一鼻孔出气。归震川《史记总评》云：“我喜怒哀乐一样不好，不敢读史。必读，得我与史为一，乃敢下笔。”夫读史且然，作文可知。故《与沈敬甫书》又云：“昨文殊未佳，想是为外面慕羶蚁聚之徒动其心，却使清明之气扰乱而不能自发也。”建宁朱梅崖（仕琇）《答李璠玉书》云：“读书在先高其志，洁其心，不以外之闻见动吾耳目，然后有以自置。自置者，世虑屏而心渐同乎古人也。同乎古人，则吾心古人之心也，以观古人之言，犹吾言也；其于文也，将有不期高而自高者。”山阳潘彦辅（德舆）《养一斋诗话》云：“夫所谓雅者，非第词之雅驯而已；其作诗之由，必脱弃势利，而后谓之雅也。今种种斗靡骋妍之诗，皆趋势弋利之心所流露也。词纵雅而心不雅矣，心不雅则词不能掩矣。”先考慕庭府君（讳浚昌）《叩瓴琐语》云：“人若有一毫名利心未净，则文字间必有一分俗。”其皆此旨欤！

然而修词之功，亦不可少，故退之汲汲于去陈言。李习之《答朱载言书》申之云：“列天地，立君臣，亲父子，别夫妇，明长幼，浃朋友，六经之旨也；浩乎若江海，高乎若丘山，赫乎若日火，包乎若天地，掇章称咏，津润怪丽，六经之词也。创意造言，皆不相师。故其读《春秋》也，如未尝有《诗》也；其读《诗》也，如未尝有《易》；其读《易》也，如未尝有《书》也；其读屈原、庄周也，如未尝有六经也。故义深则意远，意远则理辨，理辨则气直，气直则辞盛，辞盛则文工。如山有恒、华、嵩、衡焉，其同者高也，其草木之荣不必均也；如渎有淮、济、河、江焉，其同者出源到海也，其曲直、浅深、色黄白不必均也；如百品之杂焉，其同者饱于肠也，其味咸、酸、苦、辛不必均也。此因学而知者也。此创意之大归。天下之语文章，有六说焉。其尚异者，则曰：文章辞句奇险而已；其好理者，则曰：文章叙意苟通而已；其溺于时者，则曰：文章必当对；其病于时者，则曰：文章不当对；其爱难者，则曰：文章宜深不当易；其爱易者，则曰：文章宜通不当难。此皆情有所偏滞而不流，未识文章之所主也。义不深不至于理，言不信不在于教劝，而词句怪丽者有之矣，《剧秦美新》、王褒《僮约》是也。其理往往有是者，而词章不能工者有之矣，刘氏《人物表》、王氏《中说》、俗传《太公家教》是也。古之人能极于工而已，不知其词之对与否、易与难也。《诗》曰：'忧心悄悄，愠于群小。'此非对也。又曰：'遘闵既多，受侮不少。'此非不对也。《书》曰：'朕堲谗说殄行，震惊朕师。'《诗》曰'菀彼桑柔，其下侯荀，捋采其刘，瘼此下人。'此非易也。《书》曰：'允恭克让，光被四表，格于上下。'《诗》曰：'十亩之间兮，桑者闲闲兮，行与子旋兮。'此非难也。学者不知其方，而称说云云，如前所陈者，非吾之敢闻也。六经之后。百家之言兴，老聃、列御寇、庄周、鹖冠、田穰苴、孙武、屈原、宋玉、孟轲、吴起、商鞅、墨翟、鬼谷子、荀况、韩非，李斯、贾谊、枚乘、司马迁、相如、刘向、扬雄，皆足以自成一家之文，学者之所师归也。故义虽深，理虽当，词不工者不成文，宜不能传也。

文、理、义三者兼并，乃能独立于一时，而不泯灭于后代，能必传也。仲尼曰：‘言之无文，行之不远。’子贡曰：‘文犹质也，质犹文也，虎豹之鞟，犹犬羊之鞟。’此之谓也。陆机曰：‘怵他人之我先。’韩退之曰：‘唯陈言之务去。’假令述笑哂之状，曰‘莞尔’，则《论语》言之矣；曰‘哑哑’，则《易》言之矣；曰‘粲然’，则穀梁子言之矣；曰‘攸尔’，则班固言之矣；曰‘辗然’，则左思言之矣。吾复言之，与前文何以异也？此造言之大归。”黄太冲（宗羲）《论文管见》云：“所谓陈言者，每一题必有庸人思路共集之处，缠绕笔端，剥去一层，方有至理可言。如玉在璞中，凿开顽璞，方始见玉。不可认璞为玉也。”吾邑徐椒存先生（宗亮）亦告永朴云：“文之不洁，非但在字句也。陈义太尽，无含蓄之致，造句虽新，多习见之意，皆不洁也。无意于模仿，而不觉举笔辄见者是矣。”

夫既洗其心，又能绩学，而加以修辞，其就雅去俗何难？但欲为佳文，又必待有好题目而后可。归震川《与王子敬书》云：“平生足迹不及天下，又不得当世奇功伟烈书之，增叹耳！”又《与沈敬甫书》云：“可恶俗吏、俗师、俗题，见之令人不乐。”又云：“子遇连来求两文去，皆俗者。作俗文亦是命。”惜抱先生《与陈硕士书》云：“大抵好文字亦须待好题目然后发。积学用功，以俟一旦兴会精神之至，虽古名家亦不过如此而已。”又云：“硕士意不满所作文是也。然文亦要好题发之。今只是寿序等题耳，固亦难得好文字矣。”二家所见略同。

综而观之，然后知昔人于文学家之易流于俗者，必兢兢焉辨之。《明史·文苑传》载：王弇洲（世贞）主盟文坛数十年，归震川独目为妄庸巨子。弇洲大憾，久乃心折，题其遗像曰：“风行水上，涣为文章。风定波息，与水相忘。千载有公，继韩、欧阳。余岂异趋，久而自伤。”方望溪于钱受之（谦益）文章，亦诋为“秽恶”。惜抱先生

《与何砚农书》云:“今日诗家，大为榛塞，虽通人不能具正见。吾断谓樊榭（厉鹗）、简斋（袁枚），皆诗家之恶派。此论出必大为世怨怒，然理不可易。”吴挚甫先生与日本人论诗云:“白香山自是一大家，能自开境界，前无此体，不可厚非。但其诗不易学，学则得其病痛。苏公独能学而胜之，所以为大才。苏亦谓‘元轻白俗’，其所胜白者，以其不轻不俗也。”又云:“近世张船山（问陶）之诗，入于轻俗。吾国论诗学者，皆以袁子才（枚）、蒋心馀（士铨）、赵瓯北（翼）、张船山为戒。”如此等语，非故为苛论，正欲为去俗计耳。若夫文学家之近于正者，则崇尚之。如惜翁《与人书》云:“夫唐宋以后为文者多矣，何以独推归熙甫？以熙甫能于北宋诸贤外，自开境路故也。”又云:“熙甫之才气笔力，不能及唐宋韩、欧诸贤，而以与之配者，得文家之真脉，不袭其貌，而神理上通周秦。故才不必大，而可贵。”曾涤生《答南屏书》云:“《与欧阳小岑书》中，论及桐城文派，不右刘、姚；至比姚氏于吕居仁，讥评得无少过？刘氏诚非有过绝辈流之诣，姚氏则深造自得，词旨渊雅，其文为世所称颂者，如《庄子章义序》《礼笺序》《复张君书》《复蒋松如书》《与孔㧑约论禘祭书》《赠㧑约假归序》《赠钱献之序》《朱竹君传》《仪郑堂记》《南园诗存序》《绵庄文集序》等篇，皆义精而词俊，敻绝尘表。其不厌人意者，惜少雄直之气，驱迈之势。姚氏固有偏于阴柔之说，又尝自谢为才弱矣。其论文亦多诣极之语，国史称其‘有古人所未尝言，鼐独抉其微，而发其蕴’。惟亟称海峰，不免阿于私好。要之方氏以后，惜抱固当为百年正宗，未可与海峰同类而并薄之也。”如此等语，亦非为恕辞，正欲为就雅计耳。

不特此也。凡古今文章，若就一篇两篇论，则可录者多；然以全体观之，则有不能不从严者。是以惜抱先生《与陈硕士书》云:“闻松江姚春木（椿）选国朝文，此不过如《唐粹》《宋鉴》之类，备一朝之人才典章，不可以为论文之极致。如铁夫谓‘宋、元人文各有可学’，此只是门面话。如云‘体例有可采处’，则凡有遇皆可采，不独宋、元也。如直求可当古文家数者，则南宋虽朱子不为是，况元及明初诸贤乎？”方密之《通雅》云：“《史》《汉》、韩、苏、《骚》、《雅》、李、杜，此诗文之公谈也。但曰‘吾有意在’，则执樵贩而问讯，呼市井而诟谇，亦各有其意在，其如不中节奏、不堪入耳何？”先大父石甫府君《复方彦闻书》云：“唐、宋诸贤修辞之工，或不逮六朝以前；特其取义甚正，立体尤严，譬诸乐然，虽非清明广大之奏，已绝烦数淫滥之音。”先正论文所以必主八家者，非谓文章极于八家，谓八家乃斯文之途轨也。

繁简

古人之为文章，无分于繁简也，惟得其宜而已。观刘彦和《文心雕龙·熔裁》篇，其总论熔裁曰：“规范本体谓之熔，剪截浮辞谓之裁。裁则芜秽不生，熔则纲领昭畅，譬绳墨之审分，斧斤之斫削矣。”其论熔曰：“凡思绪初发，辞采苦杂，心非权衡，势必轻重。是以草创鸿笔，先标三准：履端于始，则设情以位体；举正于中，则酌事以取类；归余于终，则撮辞以举要。然后舒华布实，献替节文。绳墨以外，美材既斫，故能首尾圆合，条贯统序。若术不素定，而委心逐辞，异端丛至，骈赘必多。”其论裁曰：“三准既定，次讨字句。句有可削，足见其疏；字不得减，乃知其密。精论要语，极略之体；游心窜句，极烦之体。谓繁与略，随分所好。引而伸之，则两句敷为一章；约而贯之，则一章删成两句。思赡者善敷，才核者善删。善删者字去而意留，善敷者辞殊而意显。字删而意阙，则短乏而非核；辞敷而言重，则芜秽而非赡。昔谢艾、王济，西河文士，张骏以为艾繁而不可删，济略而不可益，若二子者，可谓炼熔裁而晓繁略矣。”然则繁与简岂有定鹄乎？

自世之不善于文者，或义失之赘，或辞失之芜，于是尚简之说兴焉。此杜元凯《左传序》所以云：“言高则旨远，辞约则义微。”陆士衡《文赋》所以云“要辞达而理举，故无取乎冗长”也。厥后，柳子厚《报袁君陈秀才避师名书》称“穀梁子、太史公甚峻洁”。孙可之《与高锡望书》云：“在樵宜千百言，足下能数十字辄尽情状，及意穷事际，反若有千百言在笔下。”欧阳永叔作《尹师鲁墓志铭》，谓其“文章简而有法”。先姜坞府君《援鹑堂笔记》云：“王介甫文可谓惜墨如金。”惜抱先生《与陈硕士书》云：“大抵简峻之气，昌黎为最。更当于此著力。”又云：“作文须见古人简质、惜墨如金处。”又云：“文已阅过，但加删削尔，然似意足而味长矣。陈无已以曾子固删其文，得古文法，不知鼐差可比子固乎？花木之英，杂于芜草秽叶中，则其光不耀。夫文亦犹是耳。”又云：“必欲简峻，莫若更议荆公所为，则笔间自有裁制矣。叙事之文，为繁冗所累，则气不能流行自在，不可不知。”吕月沧辑吴仲伦《古文绪论》云：“上等之资从韩入，中等资从柳、王二家入，庶几文品可以峻，文笔可以古。”又云：“古来博洽而不为积书所累者，莫如王介甫。渠作文不屑用前人一字，此所以高。”刘融斋《艺概》云：“南人文字，失之冗弱者，十常八九，非如荆公笔力之简健，殆不足以矫且振之。”凡此皆尚简之说也。

顾亦有过简而文反不畅者。故欧阳公《与徐无党书》云：“著撰苟多，他日更自精择，少去其繁，则峻洁矣。然不必勉强。勉强简节之，则不流畅。须待自然之至。”又云：“作文之体，先欲奔驰，久当收节，使简重严正，或时自放以自舒。勿为一体，则尽善矣。”顾亭林《日知录》云：“辞主乎达，不论其繁与简也。繁简之论兴而文亡矣。《史记》之繁处，必胜于《汉书》之简处。《新唐书》之简也，不简于事而简于文，其所以病也。当日书成进表云：‘其事则增于前，其文则省于旧。’《新唐书》所以不及古人者，正在此两句。”曾文正公《复陈右铭太守书》云：“既明于戒律，持守勿失，然后下笔，造次皆有法度。乃可专精以理吾之气，深求韩公所谓‘相如、子云同工’者，熟读而强探，长吟而反复，使其气若翔翥于虚无之表，其辞跌宕俊迈而不可方物。”盖论其本则循戒律之说，词愈简而道愈进；论其末则抗吾气以与古人之气相翕，有欲求太简而不得者。兼营乎本末，斟酌乎繁简，此自昔志士之所为毕生矻矻，而吾辈所当勉焉者也。又《日记》云：“李申甫在此畅谈，言渠文笔所以不甚畅者，为在己之禁令太多，难于下笔耳。余劝其破除禁令，一以条畅为主，凡办事者先贵敷陈条畅。”凡此又不全以尚简为然也。

然则，如之何而可？《日知录》云：“《诗》云：‘巧言如簧，颜之厚矣。’而孔子亦曰：‘巧言令色，鲜矣仁。’又曰：‘巧言乱德。’夫‘巧言’不但言语，凡今人所作诗赋碑状足以悦人之文，皆巧言之类也。不能不足以为通人；夫惟能之而不为，乃天下之至勇也。故夫子以‘刚毅木讷’为‘近仁’。”又云：“天下不仁之途有二：一为好犯上作乱之人，一为巧言令色之人。二者常相因：有王莽之篡弑，则必有扬雄之《美新》；有曹操之禅代，则必有潘勖之《九锡》。是故乱之所由生也，犯上者为之魁，巧言者为之辅。故大禹谓之‘巧言令色孔壬’，而与驩兜、有苗同为一类。甚哉，其可畏也！”又云：“《诗》言‘莠言’，‘莠言’者，秽言也。若郑享赵孟，而伯有赋《鹑奔》之诗；卫侯在郲，而臧孙讥粪士之言是也。君子在官言官，在府言府，在库言库，在朝言朝。狎侮之态，不及于小人；谑浪之辞，不加于妃妾。自世尚通方，人安媟慢，宋玉登墙之见，淳于灭烛之欢，遂乃告之君王，传之文字，忘其秽论，叙为美谈。以至执女手之言，发自临丧之际；啮妃唇之咏，宣于侍宴之余。于是摇头而舞八风，连袂而歌万岁，去人伦，无君子，而国命随之矣。吾辈若此等语不见于篇牍，则将有不期简而自简者。”顾氏又云：“古人之文，不独一篇中无冗复也，一集之中亦无冗复。且如称人之善，见于祭文则不复见于志，见于志则不复见于他文。后之人读其全集，可互见也。又有互见于他人之文，遂不重出者。古人之重爱其言，而不必出于己，大抵如是。吾辈若知此义，则更将有不期简而自简者。”

大抵文章无论为议论，为叙事，必有归宿之处。既有归宿，则首尾一线，岂容支离之义，冗赘之辞，措于其间？昔欧公为范文正公作神道碑、尹师鲁作墓志铭，两家子孙颇有异言。欧公《与杜䜣论祁公墓志书》云：先相公“志文不若且用韩公行状添改为之，缘修文字简略，止记大节，期于久远，恐难满孝子之意。范公家神刻，为其子擅自增损，不免更作文字发明，欲后世以家集为信，尹氏子卒请韩太尉别为墓表，以此见朋友、门生、故吏与孝子用心常异。修岂负知己者，尹、范二家亦可为鉴。更思之，然能有意于传久，则须纪大而略小。此可与通识之士语，足下必深晓此。”又第二书云：“《志》文今已撰了，所纪事皆录实，有稽据，皆大节与人之所难者。其他常人所能者，在他人更为巨美，不可不书；于公为可略者，皆不暇书。”其论《尹师鲁墓志》云：“修见韩退之与孟郊联句，便似孟郊诗；与樊宗师作《志》，便似樊文，慕其如此，故师鲁之《志》，用意特深而语简，盖为师鲁文简而意深。又思平生作文，惟师鲁一见，展卷疾读，五行俱下，便晓人深处。因谓死者有知，必受此文。所以慰吾亡友尔，岂恤小子辈哉！”王介甫《答钱公辅学士书》云：“比闻以《铭》文见属，似其意非苟然，故辄为之而不辞，不图乃犹未副所欲。鄙文自有意义，不可改也。如‘得甲科为通判；通判之署，有池台竹木之胜’，此何足以为太夫人之荣，而必欲书之乎？一甲科通判，苟粗知为辞赋，皆可以得之，何足道哉？至于诸孙亦不足列。孰有五子而无七孙者乎？七孙业之有可道，固不宜略，若皆儿童，贤不肖未可知，列之于义何当也？”苏子瞻为张文定公作《墓志铭》，与其子厚之书云：“《志》文计十日半月可毕。然书大事，略小节，已有六千余字；若纤悉尽书，万字不了，古无此例也。”方望溪《答乔介夫书》云：“蒙谕为贤尊侍讲公作表志或家传。以鄙意裁之，第可记开海口始末。而以侍讲公奏对车逻河事及‘四不可’之议附焉，传志非所宜也。盖诸体之文，各有义法。表志尺幅甚狭，而详载本议，则拥肿而不中绳墨；若约略剪截，俾情事不详，则后之人无所取鉴，而当日忘身家以排廷议之义，亦不得而见矣。”又《与孙以宁书》云：“承命为孙征君作家传。古之晰于文律者，所载之事，必与其人之规模相称。太史传陆、贾，其分奴婢装资琐琐者皆载焉；若萧曹世家，而条举其治绩，则文字虽增十倍，不可得而备。故尝见义于《留侯世家》曰：留侯‘所与上从容言天下事甚众，非天下所以存亡，故不著’。此明示后世缀文之士以虚实详略之权度也。征君义侠，舍扬、左之事，皆乡曲自好者所能勉；其门墙广大，乃度时揣己，不敢如孔孟之拒孺悲夷之，非得已也；至论学，则为书甚具。故并弗采著于《传》上。仆此《传》出，必有病其太略者，不知往者群贤所述，惟务征实，故事愈详而义愈狭。今详者略，实者虚，而征君所蕴蓄，转似可得之意言之外。”又《与程若韩书》云：“来示欲于《志》有所增，此未达于文之义法也。夫文未有繁而能工者，如煎金锡，粗矿去，然后黑浊之气竭而光润生。《史记》《汉书》长篇，乃事之体本大，非按节而分寸之不遗也。”以上诸家所论，虽专主叙事言之，然观其所以营度之者，即议论之文，亦可隅反矣。

但文章既因事体之大小，而有详略之分；则篇幅或长或短，自不能不分求之。《援鹑堂笔记》云：“凡作文须令丘壑万状，若小文自须高古，故昌黎云‘雍容乎大篇，寂寥乎短章’也。”曾文正《家训》答其子“叙事之文，难于行气”之问，以为不然：“如昌黎《曹成王碑》《韩许公碑》，固属千奇万变；即卢夫人之《铭》、女挐之《志》，寥寥短篇，亦复雄奇崛强。试将此四篇熟看，则知二大二小，各极其妙。”文正又喜取古文章两两比较，故《日记》云：“韩文志传中，有两篇相配偶者，如曹成王、韩许公两篇为偶，柳子厚、郑群两篇为偶，张署、张彻两篇为偶。推此而全集中可为偶者甚多。”如此玩索，最易得力，附录于此，以为后学之法。

疵　瑕

《易》云:“其称名也，杂而不越。”(《系辞传》)《诗》云:“出言有章。”(《都人士》)夫欲“不越”而“有章”，则凡文章中之疵瑕，非尽涤而去之不可。虽古来名篇，亦或不免。然未可以古人蹈此，而遂不思矫而正之也。

昔左太冲《三都赋序》云:“相如赋上林，引‘卢橘夏熟’；扬雄赋甘泉，陈‘玉树青葱’；班固赋西都，叹以‘出比目’；张衡赋西京，述以‘游海若’。考之草木，则生非其壤；校之神物，则出非其所。于辞则易为藻饰，于义则虚而无征。”刘彦和《文心雕龙·事类》篇云:陈思“《报孔璋书》言:‘葛天之歌，千人唱，万人和，听者因此蔑韶夏矣。’此引事实之谬也。案葛天氏之歌，唱和三人而已。相如《上林》云:‘奏陶唐之舞，听葛天之歌，千人唱，万人和。’唱和千万人，乃相如推之(原作“接人”，从黄氏叔琳校改)，然而滥侈葛天，推‘三’成‘万’者，信赋妄书，致斯谬也。陆机《园葵》诗云:‘庇足同一智，生理合异端。’夫‘葵能卫足’，事讥鲍庄;‘葛藟庇根’，辞自乐豫。若譬‘葛’为‘葵’，则引事为谬；若谓‘庇’胜‘卫’，则改事失真。”又《指瑕》篇云:陈思“《武帝诔》云:‘尊灵永蛰。’《明帝颂》云:‘圣体浮轻。’‘浮轻’有似于蝴蝶，‘永蛰’颇疑于昆虫，施之尊极，岂其当乎？左思《七讽》，说孝而不从，反道若斯，余不足观矣。潘岳为才，善于哀文，然悲内兄则云'感口泽'，伤弱子则云'心如疑'。《礼》文在尊极，而施之下流，辞虽足哀，义斯替矣。若夫君子拟人，必于其伦，而崔瑗之诔李公，比行于黄虞；向秀之赋嵇生，方罪于李斯。与其失也，虽宁僭无滥；然高厚之诗，不类甚矣。"《颜氏家训·文章》篇云："北面事亲，别舅摛《渭阳》之咏；堂上养老，送兄赋《柏山》之悲，皆大失也。"李习之《答朱载言书》云："古之人相接有等，轻重有仪，列于经传，皆可详引。如师之于门人则名之；于朋友则字而不名；称之于师，则虽朋友亦名之。子曰：'吾与回也。'又曰：'参乎，吾道一以贯之。'又曰：'若由也，不得其死然。'是师之名门人验也。夫子于郑兄事子产，于齐兄事晏平仲，《传》曰：'子谓子产，有君子之道四焉。'又曰：'晏平仲善与人交。'子夏曰：'言游过矣。'子张曰：'子夏云何？'曾子曰：'堂堂乎张也。'是朋友字而不名验也。子贡曰：'赐也何敢望回？'又曰：'师与商也孰贤？'子游曰：'有澹台灭明者，行不由径。'是称于师朋友亦名验也。孟子曰：天下之达尊三，曰：德、爵、年。恶得有其一以慢其二哉！足下之书，曰'韦君词''杨君潜'。足下之德，与二君未知先后也；而足下齿幼而位卑，而皆名之。《传》曰：'吾见其与先生并行，非求益也，欲速成。'窃惧足下不思乃陷于此。"柳子厚《答杜温夫书》，亦谓其不当称己为周、孔。黄山谷《与王元直帖》又谓"称人'钧侯''钧旨''台侯''台旨'，必须名位相称，不可妄施。"余若刘子玄《史通·叙事》篇，论以古词代今语之非，又云："姓氏本复，不可简省从单。"孙可之《与高锡望书》云："史家职官、山川、地理、礼乐、衣服，宜直书一时制度，不当用前代名品。"嘉定钱竹汀（大昕）《跋方望溪文》载临川李巨来（绂）讥望溪省桐城之名而但曰"桐"，以为"县以'桐'

名者有五：桐乡、桐庐、桐柏、桐梓，不独桐城”。竹汀《与友人书》，又谓“其人自题‘太仆少卿’，沿唐宋之称省‘寺’字。若题衔以意更易如此，则学士大夫之著述，转不若吏胥文移之可信”。由此推之，古人于历代帝王年号，未有不书两字者；今人或连用两朝年号，遂减省书之，如曰“顺康”，曰“雍乾”，曰“嘉道”，曰“咸同”之类，古人于高祖之父称“五世祖”，以上依此推之；今人乃自始祖顺数而下。古人以“伯叔”称兄弟，《诗》所谓“伯兮叔兮”也；(《萚兮》）今人乃施之于伯父、叔父。古人女子称其兄弟之子曰“侄”，《左传》所谓“侄其从姑”也（僖十五年）；今人虽男子亦称兄弟之子为侄，皆甚不合。至《四库全书总目》论《李文公集》云：“《集》中《皇祖实录》一篇，立名颇为僭越。夫‘皇祖’‘皇考’文见《礼经》。至明英宗时，始著为禁令。翱在其前，称之犹有说也；若‘实录’之名，则六代以来，已定为帝制，《隋志》所载，班班可稽，唐、宋以来，臣庶无敢称者。翱乃以题其祖之行状，殊为不经。”此说亦是，考古于“皇”字本有“君也”“大也”“美也”诸训，故《仪礼·士虞礼》《特牲馈食礼》《少牢馈食礼》，祝辞皆称“皇祖”“皇祖妣”。《礼记·曲礼》：“王父曰‘皇祖考’，王母曰‘皇祖妣’，父曰‘皇考’，母曰‘皇妣’。”《离骚》：“皇览揆余于初度兮。”注：“皇，皇考也。”宋欧阳永叔《泷冈阡表》亦云“皇曾祖府君”，“皇祖府君”“皇考崇公”“皇妣”。然韩魏公（琦）已尝易“皇”为“显”，盖宁谨无僭。其禁令虽始于明，而士大夫之不敢同于帝制，固非一日矣。顾亭林《日知录》云：“古人非‘三公’不称‘公’。此外称之者，必其父、祖，司马迁称父‘太史公’是也。不然则尊老之辞，如‘冯公’‘南公’‘东平嬴公’‘元城建公’是也。又不然则失其名者，如‘新城三老董公’‘太仓令淳于公’‘胶西盖公’‘东园公’‘夏黄公’‘河南守吴公’之属是也。”黄太冲《金石要例》云:“名位著者称‘公’;名位虽著,同辈以下称‘君’,耆旧则称‘府君’。《昌黎集》中有‘董府君’‘独孤府君’‘张府君’‘卫府君’‘卢府君’‘韩府君’。有文名者称‘先生’,如昌黎之称‘施先生’‘贞曜先生’,皇甫湜之称‘昌黎韩先生’。友人则称字,如昌黎之于李元宾、樊绍述。”恽子居《大云山房文稿通例》,于监司以上书“公”,以下书“君”,余与《金石要例》略同。此皆文章援引故实,及名称之间,所不可不致慎者也。

若夫立言所尚,尤在得体。如欧阳永叔《与尹师鲁书》云:“尝与安道言,每见前世有名人,当论事时,感激不避诛死,真若知义者。及到贬所,则戚戚怨嗟,有不堪之穷愁,形于文字,其心欢戚无异庸人,虽韩文公不免此累。”用此戒安道勿作戚戚之文。苏子由论诗病云:“唐人工于为诗,而陋于闻道。孟郊尝有诗云:‘食荠肠亦苦,强歌声无欢。出门如有碍,谁谓天地宽?’郊耿介之士,虽天地之大,无以安其身。起居饮食,有戚戚之忧,亦异乎颜子之在陋巷矣。”平湖陆清献公(陇其)《三鱼堂日记》评唐人诗“一日看除目,十年损道心”,以为“何至如此,可见胸无主张”。惜抱先生《五七言今体诗钞》评唐人“要路眼看知己在,不应穷巷久低眉”,以为“干乞之辞,唐人多有之,而此等语尤猥陋”。又《古文辞类纂》评苏明允《送石昌言为北使引》,述“昌言官两制,为天子出使万里之外,建大旆,从骑数百,送车千乘,自思为儿时,见昌言先府君旁,安知其至此”。以为“此明允胸襟陋处,昌黎必不然”。方植之《昭昧詹言》云:诗中苦语,“不宜自己正述,恐失之卑俭寒乞;若说则索兴说之,须是悲壮苍凉沉痛,令人感动心脾”。愚谓此种当以东方曼倩(朔)《答客难》、扬子云《解嘲》、韩文公《进学解》《送穷文》为法。其在诗则当如杜子美《醉时歌》所云“但觉高歌有鬼神,焉知饿死填沟壑”。退之《八月十五夜赠张功曹》所云“一年明月今宵多，人生由命非由他。有酒不饮奈明何”为法，自然遣词措意，不至衰飒。凡此皆述遭遇所不可不知者也。郑东甫尝言：“郑康成注经，于先辈之说异己者，必陈于前，而载己说于后，以待后人采择，从不肯加一诋毁语。至同时人乃施攻击焉，发《墨守》，箴《膏肓》，起《废疾》，是也。”盖敬礼先辈，自当如此。永朴妹夫范肯堂（当世）亦言：“文章所尤难者，在乎骂讥王侯将相，而敬慎不渝，与下辈稍解文学、纵情牢骚者，判若天壤。文章虽极诙嘲，而定有一种渊穆气象，望而知为儒人之盛业，与杂家小说不同。”此两说又可为议论先辈与时事之法。前说即《礼记》“儒行博学以知服”之义，后说即《诗序》“主文而谲谏，言之者无罪，闻之者足以戒”之义。至于称述先世，措辞亦宜矜慎。昔孔、孟叙列古仁圣贤人备矣，而罕及先德；惟《中庸》赞孔子，独淋漓尽致。此因孔子为万世所宗，无夸饰之嫌而然。他若太史公、班孟坚叙祖考语皆约。欧阳公《泷冈阡表》述其父事于母训之中。曾子固《先大夫集后序》又即其祖平生不得志处，见其大节。归熙甫《先妣事略》亦真朴。昔人所以皆谓为得休。梁茝林《退庵随笔》云：“朱子作《韦斋先生（松）行述》，只平平叙次。伊川为大中（珦）作文，亦无一语褒扬。惟其如此，是以可信。”永朴姊夫马通伯（其昶）尝云“庄周有言：‘孝子不谀其亲，忠臣不谄其君。’失所谓谀谄者，岂必无其实而虚称以诬之哉！侍言尊者之侧，语贵质而不敢尽也，而或饰之，君子曰，是相疏外之道也。其于为文，亦若是焉而已。据事直书，使览者自得其情，而于言若有所不敢出者，敬之至也。”两说并得之。

又黄山谷《答洪驹父书》云：“东坡文章妙天下，其短处在好骂。慎勿袭其轨也。”吕月沧辑吴仲伦《古文绪论》云：“《史记》未尝不骂世，却无一字纤刻。柳文如《宋清》《蝜蝂》等传，未免小说气。故姚惜抱于诸传中，只选《郭橐驼》一篇。所谓小说气，不专在字句；有字句古雅，而用意纤刻，则亦近小说。看昌黎《毛颖传》直是大文章。”洪景卢《容斋三笔》云：“东汉碑铭载人先代，多只书官，唐宋人又往往只书其人曰‘讳某’‘字某’，不存其名，殊乖孝子慈孙欲显扬先祖之意。”《五笔》云：“欧阳公文自称‘予’，虽说君上处亦然。而韩公无论施于尊卑皆曰‘愈’，谦以下人，此可为法。”会稽章实斋（学诚）《文史通义》论古文十弊，其一云：“有投其母行述，请大兴朱先生（筠）作志，叙其母节孝，谓乃祖衰年病废，卧床溲便无时，家无次丁，乃母不避秽亵，躬亲薰濯。其事美矣。又述乃祖于时不安，乃母对曰：‘妇年五十，今事八十老翁，何嫌何疑！’呜呼！母行可嘉，而子不肖甚矣。本无介带，何有嫌疑？节母既明大义，必不为是言也。何必斡旋，反如冰雪肌肤剜成疮痏。”其二云：“江南旧家修宗谱，有群从先世为子聘某氏女，后以道远家贫，力不能婚，恐失时，伪报子殇，俾女别聘。其女遂不食死，是于守贞、殉烈两无所处，而女实不愧贞烈。据事宜书，翁诚不能无歉然，然究不足为大恶。乃匿其辞曰：‘书报幼子之殇，女家误以为婿。’夫千万里无故报幼子殇，又不道及男女婚期，明者皆知其无是理，则因求圆而反病矣。”其三云：“尝见有为人撰志者，末叙丧费出于贵人，及内亲竭劳其事，询之皆子虚乌有。且其子长成，非必待人经理者也。诘其何以失实至此，则曰：‘仿韩文志柳州墓。终篇有归葬“费出观察使裴君行立。”又舅弟卢遵“既往葬子厚，又将经纪其家。”文情深厚，欲似之耳。’削趾适屦，莫此为甚。”其四云：“有名士为人作传，自云：‘吾乡学者鲜知根本，惟余及某甲为功于经术耳。’所谓某甲，固有时名，亦未见必长经术，作者乃援附为名，陋矣！又有江湖游士，以诗著名，实亦未副。然有名实出其下者，为人作诗集序，述请者之言曰：‘君与某甲齐名，某甲既已弁言，君乌得无题品？’夫齐名本无其说，则请者必无是言，而藉人炫己，颜颊岂复知忸怩哉！”其五云：“雍正间诏裁陋规，惩治贪墨，彼时居官，大法小廉，殆成风俗，时势然也。今观传志碑状之文，亦盛称其时府州县官，杜绝馈遗，清苦自守。不知逼于功令，万人所同，不足为盛节。此之谓不达时势。”其六云：“朱先生尝为故编修蒋君撰志，中叙国家前后平定准回要略，则以蒋君总修方略，独力勤劳，书成身死，而不得叙功故也。后见某中书舍人死，有为作家传者，全袭蒋志原文。盖其人尝任分纂数月，于例得列衔名者耳，其实于书未寓目也。而文人喜于摭事，几等军吏攘功，何可训也！”其七云：“近来学者每见残碑断石，余文剩字，不关于正义者，往往藉以考古制度，补史缺遗，因之行文贪多务得，明知非要，不惮辞费。夫传人者文如其人，述事者文如其事，足矣。其或有关考证，要必本质所具；即或闲情逸出，正为阿堵传神。不此之务，但知市菜求增，岂非画蛇添足耶？”其八云：“贞烈妇女，明诗习礼，固有之矣；其有未尝学问，或出乡里委巷，甚至佣妪鬻婢，特出天性之优，难期儒雅。每见此等传记，述其言辞，原本《论语》《孝经》，出入《毛诗》《内则》，刘向之《传》，曹昭之《诫》，不啻自其口出，可谓文矣！抑思善相夫者，何必尽识鹿车、鸿案？善教子者，岂皆熟记画荻、丸熊？自文人胸有成竹，遂致闺修皆如版印。与其文而失实，何如质以传真？由是推之，名将起于卒伍，义侠或奋闾阎，言辞不必经生，记述贵于宛肖。世有作者，于此多不致思，是以文为戏也。”余二条谓不可以时文眼孔作文论文，兹弗备录。

工　夫

魏文帝《典论》云："盖文章，经国之大业，不朽之盛事，年寿有时而尽，荣乐止乎其身，二者必至之常期，未若文章之无穷。是以古之作者，寄身于翰墨，见意于篇籍，不假良史之辞，不托飞驰之势，而声名自传于后。故西伯幽而演《易》，周旦显而制《礼》，不以隐约而弗务，不以康乐而加思。夫然，则古人贱尺璧而重寸阴，惧乎时之过已。而人多不强力，贫贱则慑于饥寒，富贵则流于佚乐，遂营目前之务，而遗千载之功，日月逝于上，体貌衰于下，忽然与万物迁化，斯志士之大痛也。"王仲任《论衡·射短》篇云："知古不知今，谓之陆沉；知今不知古，谓之盲瞽。"《颜氏家训·勉学》篇云："士大夫子弟，数岁以上，莫不被教，多者或至《礼》《传》，少者不失《诗》《论》。及至冠婚，体性稍定，因此天机，倍须训诱。有志尚者，遂能磨砺以就素业；无履立者，自兹惰慢，便为凡人。人生在世，会当有业。农民则计量耕稼，商贾则讨论货贿，工巧则致精器用，伎艺则深思法术，武夫则惯习弓马，文字则讲议经书。多见士大夫，耻涉商贾，羞务工伎，射既不能穿札，笔则才记姓名，饱食醉酒，忽忽无事，以此销日，以此终年，或因家世余绪，得一阶半级，便谓为足，安能自苦！及有吉凶大事，议论得失，蒙然张口，如坐云雾；公私宴集，谈古赋诗，蹇默低头，欠伸而已。有识旁观，代其入地。何惜数年勤学，长受一生愧辱哉！”韩退之《符读书城南诗》云（退之子名昶，符其小字）：“文章岂不贵？经训乃菑畬。潢潦无根源，朝满夕已除。人不通古今，马牛而襟裾。行身陷不义，况望多名誉！”凡此皆勉人用力文学之语也。

大抵人果有志于文学，而后有甘苦可言。如陆士衡《文赋》云：“方天机之骏利，夫何纷而不理。思风发于胸臆，言泉流于唇齿。纷葳蕤以馺遝，惟豪素之所拟。文徽徽以溢目，音泠泠而盈耳。及其六情底滞，志往神留。兀若枯木，豁若涸流，揽营魂以探颐，顿清爽于自求。理翳翳而愈伏，思乙乙其若抽。”韩退之《答李翊书》云：“愈之所为，不自知其至犹未也。虽然，学之二十余年矣。始者，非三代两汉之书不敢观，非圣人之志不敢存，处若忘，行若遗，俨乎其若思，茫乎其若迷。当其取于心而注于手也，唯陈言之务去，戛戛乎其难哉！其观于人，不知其非笑之为非笑也。如是者亦有年，犹不改，然后识古书之正伪，与虽正而不至焉者，昭昭然黑白分矣。而务去之，乃徐有得也。当其取于心而注于手也，汩汩然来矣。其观于人也。笑之则以为喜，誉之则以为忧，以其犹有人之说者存也。如是者亦有年，然后浩乎其沛然矣。吾又惧其杂也，迎而距之，平心而察之，其皆醇也，然后肆焉。虽然，不可以不养也。行之乎仁义之途，游之乎《诗》《书》之源，无迷其途，无绝其源，终吾身而已矣。”又《上兵部李侍郎书》云：“性本好文学，因困厄悲愁，无所告语，遂得究穷于经、传、史记，百家之说。沉潜乎训义，反复乎句读，砻磨乎事业，而奋发乎文章。”又《进学解》云：“先生口不绝吟于六艺之文，手不停披于百家之编，纪事者必提其要，纂言者必钩其元，贪多务得，细大不捐，焚膏油以继晷，恒兀兀以穷年。先生之业，可谓勤矣。”柳子厚《答韦中立论师道书》云："故吾每为文章，未尝敢以轻心掉之，惧其剽而不留也；未尝敢以怠心易之，惧其弛而不严也；未尝敢以昏气出之，惧其味没而杂也；未尝敢以矜气作之，惧其偃蹇而骄也。抑之欲其奥，扬之欲其明，疏之欲其通，廉之欲其节，激而发之欲其清，固而存之欲其重。此吾所以羽翼夫道也。本之《书》以求其质，木之《诗》以求其恒，本之《礼》以求其宜，本之《春秋》以求其断，本之《易》以求其动。此吾所以取道之原也。参之穀梁氏以厉其气，参之《荀》《孟》以畅其支，参之《庄》《老》以肆其端，参之《国语》以博其趣，参之《离骚》以致其幽，参之太史以著其洁。此吾所以旁推交通而以为文也。"苏明允《上欧阳内翰书》云："洵少年不学，生二十五岁，始知读书，从士君子游。年既已晚，而又不遂，刻意厉行，以古人自期，而视与已同列者，皆不胜已，则遂以为可矣。其后困益甚，然后取古人之文而读之，始觉其出言用意与己大异；时复内顾，自思其才，则又似夫不遂止于是而已者。由是尽烧其曩时所为文数百篇，取《论语》、《孟子》、韩子及其他圣人贤人之文，而兀然端坐终日以读之者七八年矣。方其始也，入其中而惶然，博观于其外，而骇然以惊。及其久也，读之益精，而其胸中豁然以明，若人之言，固当然者，然犹未敢自出其言也。时既久，胸中之言日益多，不能自制，试出而书之，已而再读之，浑浑乎觉其来之易矣。"子瞻自评文云："吾文如万斛泉源，不择地皆可出。在平地滔滔汩汩，虽一日千里无难；及其与山石曲折，随物赋形，而不可知也。所可知者，常行于所当行，常止于不可不止。如是而已矣。其他虽吾亦不能知也。"陆放翁《壬子九月夜读歌诗稿有感》云："我昔学诗未有得，残余未免从人乞，力孱气馁心自知，妄取虚名有惭色。四十从戎驻南郑，酣宴军中夜连日，打球筑场一千步，阅马列厩三百匹。华灯纵博声满楼，宝钗夜舞光照席，琵琶弦急冰雹飞，羯鼓手匀风雨疾。诗家三昧忽见前，屈、宋在眼原历历，天机云锦为我用，剪裁妙处非刀尺。世间才杰固不乏，秋毫未合天地隔。放翁老死何足论，《广陵散》绝还堪惜。”盖诸家自道其平生之所经历者如此。

若夫因甘苦而知各体之难易，如方望溪《答程夔州书》云：“散体惟记难撰结。论、辨、书、疏，有所言之事，志、传、表、状，则行谊显然；惟记无质干可立，徒具工筑兴作之程期，殿观楼台之位置，雷同铺叙，使览者厌倦，甚无谓也。故昌黎作记，多缘情事为波澜；永叔、介甫则别求义理以寓襟抱；柳子厚惟记山水，刻雕众形，能移人之情；至《监察四门助教》《武功县丞厅壁》诸记，则皆世俗人语言意思。”曾文正公《笔记》云：“古今文字，惟辞赋敷陈之类，大政典礼之类，非博学通识，殆庶之才，不足以涉其藩篱。”而张廉卿先生又告永朴以论说之不易为，其意以为“自诸子后，其足自立者惟《过秦论》《原道》《原性》《原毁》《本论》《志林》十余篇耳。其他皆无甚补于世，或且有损。故不可不慎”。吾弟叔节亦言：“每见海内才杰，年少气壮，议论之文，多可观者。至于叙述，则凌杂蔓衍，多无法则；或谨于法矣，又索漠少生气。及已得途径，乃觉纪事之文尚易，而议论转难。盖议论必发古人所未得，又其说非关系乎宇宙，能自成一家言，不为工也。以才笔自雄，徒辞费耳。”此皆论古文中诸体者。但先姜坞府君《援鹑堂笔记》引安溪李文贞公（光地）尝语人云：“某友看古文，不从议论文字入手，先读碑版文字，亦是一病。故为文亦长于碑版，若议论文字，便不出色。”此条亦不可不与张廉卿之说合观。至于诗中诸体，洪景卢《容斋三笔》云：“予编唐人绝句，得七言七千五百首，五言二千五百首，合为万首。而六言不满四十，信乎其难工也。”曾文正公《家训》云：“四言诗最难有声响，有光芒，后世为此体而光如皎日、响若春霆者，惟韩公耳。”惜抱先生《五七言今体诗钞》云：“五言排律，古今止杜公，有千门万户、开阖阴阳之意。自来学杜者，他体犹能近似，长律则愈邈矣。”方植之《昭昧詹言》云：“诗莫难于七古。七古以才气为主，纵横变化，雄奇浑灏，亦由天授，不可强能。杜公、太白，天地元气，直与《史记》相埒，两千年来，止此二人。其次，则须解古文者，而后能为之。观韩、欧、苏三家，章法剪裁，纯以古文之法行之，所以独步千古。南宋以后，古文之传绝，七言古诗，遂无大宗。”又云：“世之文士，无人不作诗，无诗不七律。不知诗之诸体，七律最难，尚在七古之上。何也？七古以才气为主，而驰骤、疾徐、短长、高下，任我之意以为起讫；七律束于八句之中，以短篇须纵横奇恣”，而又“章法井然，所以难也”。

然则学者用功宜如何？窃观古人虽博览群籍，而其所得力者，莫不可屈指而数。除韩、柳已见前所引外，他如王厚斋《困学纪闻》云：“东坡得文法于《檀弓》，后山得文法于《伯夷传》。”黄山谷《与王观复书》云：“往年尝请问东坡先生作文章之法，东坡云：‘但熟读《礼记·檀弓》当得之。’既而取读数百过，然后知后世作文章不及古人之病，如观日月也。”又《与苏大通书》云：“凡读书法，要以经术为主。经术深邃，则观史易知人之贤不肖，遇事得失易以明矣。又读书先务精而不务博，有余力乃能纵横尔。”又《与斌老书》云：“《左传》《前汉书》读得彻否？书不用求多，但要涓涓不废。江出岷山，源若瓮口；及其至于楚国，横绝千里。非方舟不可济。惟其有源而不息，受下流多，故也。”又《与敦礼秘校帖》云：“班固《汉书》最好读。然须依卷帙先后，字字读过，久之，使一代事参错在胸中，便为不负班固耳。”又《与朱圣弼书》云：“能逐日辍一两时，读《汉书》一卷，积一岁之力，所得多矣。遇事繁暂阙，明日辄续，则意味自相接。”苏子由作《欧阳公神道碑》云:“公于六经长于《易》《诗》《春秋》。”又《亡兄子瞻墓志铭》云:“公少与辙皆师先君，初好贾谊、陆贽书，论古今治乱，不为空言。既而读《庄子》，喟然叹息曰:‘吾昔有见于中，口未能言；今见《庄子》，得吾心矣。’”陆放翁《老学庵笔记》云:“王荆公有《诗正义》一部，朝夕不离手，字大半不可辨。”又云:“东坡在岭海间，最喜诵陶诗、柳文，谓之‘南迁二友’。”朱子平生于经史外，最服膺南丰曾氏，而《语类》又云:“读韩文熟，便能做得韩公文字；读苏文熟，便能做得苏公文字。”据此可见欲为兹学，未有不专心致志读几部紧要书，而能有成者。

其下手方法，则《困学纪闻》载沈亚之《送韩静略序》云:“文之病烦久矣。闻之韩祭酒之言曰:‘譬如善艺树者，必壅以美壤，以时沃灌。’”祭酒即韩公也。欧阳公《归田录》云:“余生平所作文章，多在三上：乃马上、枕上、厕上也。盖惟此尤可以属思尔。”《东坡集》载孙莘老（觉）尝乘间问欧阳公以文章，答云:“无他术，惟勤读书而多为之，自工。世人患作文字少，又懒读书，每一篇出，即求过人，如此少有至者。疵病不必待人指摘，多作自能见之。”黄山谷《与洪驹父书》云:“诸文皆好，但少古人绳墨。凡作文须有宗有趣，终始关键，有开有阖，如四渎虽纳百川，或汇而为广泽，汪洋千里，要自发源注海耳。”又《与王立之帖》云:“欲追配古人，须观古人用意曲折处，讲学之，然后下笔。譬如巧女，文绣妙一世，若欲作锦，必得锦机，乃能成锦尔。”刘海峰《论文偶记》云:“凡行文多寡、短长、抑扬、高下，无一定之律，而有一定之妙，可以意会，而不可以言传。学者求神气而得之于音节，求音节而得之于字句，则思过半矣。其要只在读古人文字时，便以此身代古人说话，一吞一吐，皆由彼而不由我。烂熟后，我之神气，即古人之神气；古人之音节，都在我喉吻间；合我之喉吻者，便是与古人神气、音节相似处。久之自然铿锵发金石。”又云：“记得多便可生悟。譬如弈棋，记得谱多，也须有过人之著。”又云：“文章到极妙处，便一字不可移易，所谓‘无一定之律，而有一定之妙’。”惜抱先生《与鲁宾之书》云：“夫学文者，利病、短长，下笔时必自知之。更取以与所读古人文较量得失，使无不明了。充其得而救其失，可入古人之室矣，岂必同时人言其优劣哉！言之者未必当，不若精心自知之明也。”《与陈硕士书》云：“学文之法无他，多读多为，以待其一日之成就，非可以人力速之也。士苟非有天启，必不能尽其神妙；然苟人辍其力，则天亦何自而启之哉！”又云：“大抵文字须熟乃妙。熟则利病自明，手之所至，随意生态，常语滞义，不遣而自去矣。”又云：“亦只是熟读多作，固无他法。”又云：“文家有意佳处，可以著力；无意佳处，不可著力。功深听其自至可也。”又云：“凡学诗文之事，观览不可不泛博；若其熟读精思效法者，则欲其少，不欲其多。”梁茝林《退庵随笔》云：“读书贵熟，作文亦然。昔有问欧阳公作文法者，公曰：‘吾于贤岂有吝惜？只是要熟耳。变化姿态，皆从熟出也’。”又引毛稚黄之言云：“或疑文有生而佳者，此必熟后之生也。熟后之生必佳；若未熟之生，则生疏而已，焉得佳乎？”曾文正《复邓寅皆书》云：“吾意学者于看、读、写、作四者，缺一不可。看者，涉猎，宜多宜速；读者，讽咏，宜熟宜专。看者，‘日知其所亡’；读者，‘月无忘其所能’。看者，如商贾趋利，闻风即往，但求其多；读者，如富人积钱，日夜摩挲，但求其久。看者，如攻城拓地；读者，如守土防隘。二者截然，不可阙，亦不可混。至写字，不多则不熟，不熟则不速，无论何事，均不能敏以图功。至作文，则所以瀹此心之灵机也。心常用则活，不用则窒。如泉在地，不凿汲则不得甘醴；如玉在璞，不切磋则不成令器。自古名人，虽韩、欧之文章，范、韩之事业，程、朱之道术，断无久不作文之理。故张子云：‘心有所开，即便札记，不思则还塞之矣’。”诸家所言，其开示后人，皆极亲切。

大抵读文看文，有用选本与专集两法。选本《四库全书总目》所谓总集类也，专集则别集类也。选本之佳者，既分撮其英华，又合论其同异，故于初学为便。然不阅专集，终不能窥全豹，譬如尝鼎一脔，安得自诩知味？且彼操选政者，亦自阅专集而来。若吾人但知选本，而不求诸专集，究恐难浃洽贯串。《朱子语类》云：“作诗先须看李、杜，如士人治本经，本既立，次第方可看苏、黄以次诸家诗。”此教人看诗集法，文集可依此推之。自周、秦、两汉文章外，当以唐、宋八大家为先，而后及其余。先姜坞府君尝论明人流览多，爱浸淫于后代文集，而不自振。吴挚甫先生亦告永朴多读秦、汉人书，少作宋、元人语。此意学者不可不知。此外犹有三法：一曰分段落。盖不先将段落分清，何由寻古人线索，而得其精神？惜抱先生于文之深古者，每注明各段大意，曾文正读书尤详于分段，皆以此。番禺陈兰甫（澧）亦言《小雅》“有伦有脊”之语，即作文之法。作文必先读文。凡读古人之文，每篇必求其主意而标志之，寻其伦次而分画之，明乎古人之“有伦有脊”，而后我之作文能“有伦有脊”也。二曰观古人评点。惜抱先生《答徐季雅书》云：“夫文章之事，有可言喻者，有不可言喻者。不可言喻者，要必自可言喻者而入之。韩昌黎、柳子厚、欧、苏所言论之旨，彼固无欺人语，后之论文者，岂能更有以逾之哉！若夫其不可言喻者，则在乎久为之自得而已。震川阅本《史记》，于学文最为有益，圈点启发人意，有愈于解说者矣。可借一部临之，熟读必觉有大胜处。”昔永朴先考慕庭府君尝言：吾乡戴存庄孝廉（钧衡）入都，曾文正询古文法，存庄以《惜抱轩尺牍》告之，文正由是益肆力文章，故作《圣哲画像记》云:“国藩之粗解文字，由姚先生启之也。”《欧阳生文集序》亦及存庄，谓“精力过绝人，自以为守其邑先正之法，嬗之后进，义无所让”。观此可见为文必有导师。特古今评点极多，苟非善者，或反害初学而乱人意，亦宜知所择耳。三曰观古人注释。夫注释之为益有三：一在知年月。张文端公《聪训斋语》云:“予于白、陆诗，皆细注年月，知彼于何年引退，其衰健之迹皆可指。”古文亦然，必如此乃可知才力早晚强弱、深浅之不同。二在知典故。盖古人无一字无本，况其中多有稽古事、述旧章之处，能考其根据，则晓然于运用及援引之法。三在知命意。古人立言，每因时而发，非详辨之，不能知人论世。但不可穿凿为说。《四库全书总目》论《楚辞》云:“词赋之体与叙事不同，寄托之言与庄语不同，往往恍惚汗漫，翕张反复，迥出于蹊径之外，而曲终乃归于本意。疏以训诂，核以事实，则刻舟而求剑矣。如《离骚》大旨全在篇末，以前皆文章之波澜。不观其通，而句句字字必求其人以实之，反诋古人之疏舛，是亦苏轼所谓‘作诗必此诗’也。”又论杜诗云:“自宋人倡‘诗史’之说，而笺杜诗者，遂以刘昫、宋祁二书据为稿本，一字一句，务使与纪传相符。夫忠君爱国，君子之心；感事忧时，风人之旨。杜诗所以高出于诸家者，固在于是，然集中根本不过数十首耳。《咏日》而以为比肃宗，《咏萤》而以为比李辅国，则诗家无景物矣。谓‘纨裤’下服比小人，谓‘儒冠’上服比君子，则诗家无字句矣。”《援鹑堂笔记》云:“何义门于阮嗣宗《咏怀》诗，多援魏、晋易代之事释之。夫阮旨渊放，归趣难求，昔人之所怯言。而必一一举其事以实之，岂悉合哉？”侯官严几道（复）亦告永朴云:“此古诗耳。八十余首，不必作于一时。谓身仕乱朝，语忧情郁，则闻命矣；若谓皆缘一事而发，非讥曹爽，即刺典午，殆不其然。”然则此等必有佐证乃可信，否则与其凭臆以断，又不若阙如之为愈矣。若作文之法，以勤于改削为要。观吕居仁《紫微诗话》云：“老杜云：‘新诗改罢自长吟。’文字频改，功夫自进。欧公作文时加窜定，有终篇不留一字者。山谷晚年多定前作。”《朱子语类》云：“尝见欧公《醉翁亭记》原稿，发端凡三四行，后悉涂去，而易以‘环滁皆山也’五字。”洪景卢《容斋续笔》云：“王荆公绝句‘春风又绿江南岸’，原稿‘绿’作‘到’，圈去。注曰：‘不好’，改‘过’字，复圈去，改为‘入’，旋改‘满’。凡如是十许字，始定为‘绿’。黄鲁直诗‘两蝉正用一枝鸣’，‘用’初用‘抱’，又改曰‘占’，曰‘在’，曰‘带’，曰‘要’，至‘用’字始定。”可见古人无不如是。是以泾县包慎伯（世臣）《乐山堂文钞序》云：“自唐以来，世所盛称者八家。是八家者，则既千载如生已；而并世侪辈，亦托以不朽。文字之力。吹枯嘘生，有同造物。然吾闻欧阳子为文，脱稿即糊墙壁间，出入涂乙，至不存原文一字。夫欧阳之初稿，其超越寻常，岂顾问哉！而必涂乙至不存一字乃自慊，则知韩、柳、王、苏、曾之造诣，亦必尔也。”昌黎之颂李、杜曰：“流落人间者，泰山一毫芒。”则知古人皆作之多而存之寡也。李、杜集中有两三稿并存者，则知古人虽再三改窜，而犹有未定也。亦有求助于师友者。曹子建《与杨德祖书》云：“仆尝好人讥弹其文，有不善者，应时改定。昔丁敬礼（仪）尝作小文，使仆润饰之。仆自以才不过若人，辞不为也。敬礼谓仆：‘卿何所疑难？文之佳恶，吾自得之，后世谁相知定吾文者耶？’吾尝叹此达言以为美谈。”《容斋续笔》引任昉为王俭主簿，俭出自作文，令昉点正，昉因定数字。俭叹曰：“后世谁知子定吾文？”以为正用子建此书。《五笔》又载：“范文正公《严先生祠堂记》歌词‘云山苍苍，江水泱泱，先生之德，山高水长’以示南丰李泰伯（觏），李读之起而言曰：‘公之文山，必将名世，妄意易一字以成盛美。’公叩之，答曰：

'"云山""江水"之语，于义甚大，于词甚溥，而"德"字承之，乃似趚趄，拟换作"风"字如何？'公凝坐颔首，殆欲下拜。"《颜氏家训·文章》篇亦云："学为文章，先谋亲友，得其评论者，然后出手。慎勿师心自任，取笑旁人也。"如此数条，求人改削，是或一道，但不可请人代作，如此则永无长进之望矣。至于誊写亦不可草率。《聪训斋语》云："使人代写，最是大家子弟陋习。写文要工致，不可错落涂抹，所关于色泽不小。"斯言亦宜念之。

又《颜氏家训》言："学问有利钝，文章有巧拙。钝学累功，不妨精熟；拙文研思，终归蚩鄙。但成学士，自足为人；必乏天才，勿强操笔。吾见世人，至于无才思，自谓清华，流布丑拙，亦已众矣，江南号为'冷痴符'。"(《文章》)此自即不足与于大雅之林者言之。吾人倘自度才力可以研精此学，亦宜以专精为贵。昔方望溪尝作诗，海宁查他山（慎行）见之曰："子诗不能工，徒夺为文力。"望溪自是不为诗。惜抱先生尝作词，嘉宁王凤喈（鸣盛）语休宁戴东原（震）曰："吾昔畏姬传，今不畏之矣。"东原曰："何耶？"曰："彼好多能，见人一长，辄思并之。夫专力则精，杂学则粗，故不足畏也。"东原以告，惜抱自是不为词。此二事相类，因足为后生龟鉴，附录于此。

结　论

永朴为诸君撰《文学研究法》二十四篇，于文章奥窔，言之亦略具矣。虽然，犹有一说焉。大抵昔人论文，皆本其所阅历者告人，欲人目前依之用力，则将来得力较为直捷耳。若但袭其语以为谈助，遂居之不疑，谓“真诀吾已得之”，是道听途说也。夫天下岂有道听途说而可以收实效者？是故欲工兹学，非有真悟不可。昔惜抱先生《与陈硕士书》云：“文家之事，大似禅悟，观人评论圈点，皆是借径。一旦豁然有得，呵佛骂祖，无不可者。此中自有真实境地，必不疑于狂肆妄言，未证为证也。”而与先大父石甫君书又云：“凡诗文事与禅家相似，须由悟人，非语言所能传。然悟之后，则反观昔人所论文章之事，极是明了也。欲悟亦无他法，熟读精思而已。”又云：“此不可急求，深读久为，自有悟入。”是则真悟必出于真知，真知必出于真学也。曩尝喜程伊川谈虎之喻，以为中惟一人闻之色变，盖曾为虎所伤，故深知之。而明道语王介甫云：“公之谈道，正如说十三级塔上相轮，对望之曰：‘如此如此’，极是分明。某则不然，必直入寻之，辛苦登攀，逦迤而上，直至十二级时，虽犹未见，然却实在塔中，去之渐近，要之须可以至也。至相轮中坐时，依旧见公对塔说‘如此如此’。”此虽说道，而文事亦犹是矣。是故始必有人指示途辙，然后知所以用力；终必自已依所指示者而实行之，然后有得力处。不然，非眼高手生，即转为深细之律所束缚而格格不吐。欲免此二病而获益，要惟有从事于惜翁所谓“熟读”“精思”及“久为之”者。何也？“熟读”“精思”，则能即古人之文，印之于心；“久为”又能以所得于古人者，验之于手。工夫果足，何患不与诸大家并驾齐驱！有志之士，尚其勉之！